Zu diesem Buch:
Heranwachsende in Stade spielen Mitte der 80er Jahre Detektiv, aus dem Spiel wird unerwartet Ernst.
Das Mädchen ist die Tochter von Kriminalkommissar Werner Hansen, sie und zwei Jungen aus der Nachbarschaft spielen Ermittler und beobachten Merkwürdigkeiten in der Umgebung, unversehens werden sie Zeugen eines Banküberfalles. Eine spannende Suche nach den Tätern beginnt für die Hobby-Detektive.
Die Täterjagd wird für die 13-jährigen Heranwachsenden plötzlich gefährlich, aus dem Spiel wird bitterer Ernst.

Der Roman spielt in Stade und Umgebung und in der Festung Grauerort.

Ich bedanke mich bei meiner Frau, die mein größter Fan und gleichzeitig meine strengste Kritikerin ist, für ihre unermessliche Arbeit am Manuskript und den vielen hilfreichen Diskussionen.

PETER ECKMANN, geboren 1947, lebt im Niederelbe-Dreieck in der Nähe von Cuxhaven.
Ingenieur der Verfahrenstechnik, schreibt unter dem Pseudonym Allan Greyfox Wildwest- und Detektivromane.

Dieses Buch ist der fünfte Kriminalroman, der in der Heimat des Autors spielt. Heranwachsende in Stade spielen Mitte der 80er Jahre Detektiv, aus dem Spiel wird unverhofft Ernst.

Peter Eckmann

Sommer der Diebe

Jugendkrimi

Bibliografische Information der Deutschen Nationalbibliothek:
Die Deutsche Nationalbibliothek verzeichnet diese Publikation in
der Deutschen Nationalbibliografie; detaillierte bibliografische
Daten sind im Internet über dnb.d-nb.de abrufbar.

TWENTYSIX – Der Self-Publishing-Verlag
Eine Kooperation zwischen der Verlagsgruppe Random House
und BoD – Books on Demand

Version 3

© 2019 Eckmann, Peter

Herstellung und Verlag:
BoD – Books on Demand, Norderstedt

ISBN: 978-3-7407-2878-6

Inhaltsverzeichnis

Die Personen	7
Die Sommerferien	7
Der erste Auftrag	29
Der Banküberfall	46
Der Zirkus kommt	61
Eine Spur der Bankräuber	82
Die Verfolgung der Diebe	89
Die alte Festung	118
Eingesperrt	138

Die Personen

Christine Hansen	13 Jahre, Tochter von Kommissar Werner Hansen und dessen Frau Gabriele
Thomas Marek	13 Jahre, die Mutter arbeitet hinter dem Schalter der Post, der Vater arbeitet bei der Regierung,
Michael Heinze	13 Jahre, groß und kräftig, lebt in einfachen Verhältnissen
Christian Hansen	16 Jahre, Sohn von Werner und Gabriele Hansen, Bruder von Christine Hansen,
Werner Hansen	Kriminalkommissar in Stade
Gabriele Hansen	dessen Frau
Die Jungen von der Festung:	
Hans-Hermann Butt, Martin Sommer, Sven Plüger, Daniel Schlichtmann	

Die Sommerferien

Juli 1985 Zwei Jungen stehen an dem kleinen Fluss hinter dem Haus in der Jahnstraße. Gerade eben ist ein Zug auf der Brücke über die Schwinge hinweg gepoltert, nun herrscht wieder Ruhe.

Sie blicken nachdenklich in das langsam vorbeiziehende Wasser. Der größere von beiden hält eine Zwille in der Hand und versucht, vorbeischwimmende Blätter mit einem kleinen Stein zu treffen.

„Du wirst immer besser mit deinem Katapult," lobt der dunkelhaarige seinen Freund.

„Es geht so", wiegelt der Angesprochene ab. „Es hängt viel von der Gleichmäßigkeit der Steine ab. Besser wären Kugeln oder Murmeln."

„Warum nimmst Du dann keine?"

Der Blonde schüttelt den Kopf mit dem wirren Haar. „Dann würden überall Murmeln von mir herumliegen, außerdem kosten die Geld. Steine findet man überall."

„Okay, das sehe ich ein."

Michael, der Junge mit der Zwille, überlegt einen Moment. „Du, Thomas, was machen wir in den Ferien?"

Der denkt schon eine Weile darüber nach. Es muss etwas Besonderes sein, etwas, zu dem man während der Schule keine Zeit hat. Er hat auch schon eine Idee, aber vielleicht gefällt sie Michael nicht. Zu Weihnachten hat er von seinem Vater ein Buch geschenkt bekommen, »Das Jahrhundert der Detektive«, von Jürgen Thorwald. Seitdem lässt ihn der Gedanke, auch Detektiv oder vielleicht Kriminalkommissar zu werden, nicht los. Von seinem Taschengeld hat er sich vor einem Monat einen Detektivroman gekauft, den »Tiefen Schlaf«, von Raymond Chandler. Er schließt die Augen und denkt darüber nach. Ja, das wäre was, knifflige Kriminalfälle zu lösen und Abenteuer zu erleben. Aber irgendwie passt nicht in das friedliche Stade. Ja, wenn er in Los Angeles wohnen würde, oder in den Häuserschluchten von Manhattan, das wäre ganz etwas anderes, dort sind Verbrechen an der Tagesordnung. Thomas seufzt, er lebt nun einmal hier und muss das Beste daraus machen. Er lehnt sich an die alte Weide und sieht seinen Freund an. „Was hältst davon, wenn wir einen Kriminalfall lösen würden? So mit beobachten, Spuren verfolgen und so?"

„Was?" Michael sieht Thomas skeptisch an. „Wo willst Du den Kriminalfall denn hernehmen?"

Sein Freund hat das Problem auf den Punkt gebracht. Doch so schnell gibt er nicht auf. „Wir könnten Christine fragen, deren Papa ist doch Kriminalkommissar. Vielleicht können wir irgendwo mithelfen?"

„Na, ich weiß nicht. Wenn wir da ankommen, werden wir bestimmt gleich wieder weggeschickt. Es heißt dann, es sei zu gefährlich und sowieso nur für Erwachsene."

Ein langer Seufzer löst sich aus Thomas' Brust. „Ich fürchte, da hast Du recht. Wir müssen selbst einen Fall herausfinden."

„Ach Du! Jetzt lass uns was machen. Wir könnten mit dem Ruderboot auf der Schwinge herum schippern."

„Ja! Wer zuerst am Steg ist!"

Die beiden Jungen laufen unter Gelächter zu dem kurzen Bootssteg, den Thomas' Vater schon vor vielen Jahren in den kleinen Fluss gebaut hat. Das Ruderboot dümpelt im Wasser, es ist mit einem kurzen Seil am Steg angebunden. Es ist lange nicht benutzt worden, nun steht Wasser darin, bestimmt zwei handbreit hoch.

„Wir müssen das Boot ösen", bemerkt Thomas sachkundig.

„Was müssen wir?", fragt Michael.

„Wir müssen das Wasser herausschöpfen, da muss irgendwo unter der Bank eine Dose an einem Seil angebunden sein." Schnell findet er das sogenannte »Ösfass«, es ist eine Konservendose ohne Deckel, mit einer etwa einen Meter langen Schnur am Boot angebunden. Thomas springt barfuß ins Wasser und beginnt zu schöpfen. „Du kannst schon mal die Riemen holen, die sind im Schuppen", ruft er seinem Freund zu.

Eine Viertelstunde später ist das Boot fast trocken. Thomas beginnt zu rudern, Michael sitzt vorne im Boot und gibt die Richtung vor, da Thomas mit dem Rücken zur Fahrtrichtung sitzt. Die Strömung in dem kleinen Fluss ist schwach, Thomas rudert leicht dagegen an.

„Huhu! Thomas! Michael!" Die helle Stimme eines Mädchens schallt über den kleinen Fluss.

Thomas hält mit Rudern inne, er und sein Steuermann sehen sich um. Auf dem kleinen Sandweg, der an der Schwinge entlangführt, steht ein blondes Mädchen und winkt.

„Christine!", rufen sie beide gleichzeitig. Sie ist ihre gemeinsame Freundin, sie wohnt in der Nähe, nur um eine Ecke herum, in der Horststraße. Zu Michaels Ärger, der auch ein Auge auf sie geworfen hat, geht sie mit Thomas in die gleiche Klasse. Das ist aber nicht so schlimm, eines Tages wird sie seine Qualitäten ganz sicher erkennen.

Thomas rudert zum Ufer hinüber, springt auf die niedrige Böschung und bindet das Boot an einem Strauch fest. Michael folgt ihm zu dem jungen Mädchen.

„Wie kommst Du denn hierher?", will Michael wissen.

Christine lacht, ihre blauen Augen blitzen vor Freude, ihre langen, blonden Haare sind zu einem dicken Zopf geflochten und reichen bis zum Gürtel ihrer Jeans hinunter. Vor einem Monat ist sie dreizehn geworden und ist damit die jüngste der drei, denn Michael und Thomas haben ihren dreizehnten Geburtstag schon vor über einem halben Jahr gefeiert.

Sie ist bestimmt das schönste Mädchen auf der Welt, denken die beiden Jungen, die sich beide ganz fest vorgenommen haben, Christine eines Tages zum Altar zu führen. Bis das passieren kann, dauert es noch einige Zeit und sie wird sich bis dahin ganz sicher für einen von ihnen entscheiden.

„Ich bin mit dem Fahrrad hier, ich war bei einer Freundin am Hohenwedel und wollte jetzt nach Hause."

„Bleib doch noch ein bisschen", fordert sie Michael auf.

„Klar, was macht ihr denn?"

„Wir schippern nur ein bisschen mit dem Boot herum", sagt Thomas. „Jetzt, wo Du da bist, könnten wir alle in die Stadt rudern und uns ein Eis kaufen."

„Wir müssen aber auslosen, wer neben Christine sitzen darf und wer rudern muss", wirft Michael ein.

„Wir werden alle fünf Minuten wechseln, das ist sonst unfair", schlägt Thomas vor.

Mit Hilfe von zwei verschieden langen Hölzchen wird ermittelt, wer zuerst rudert. Michael beginnt, Thomas darf zuerst neben Christine sitzen. Das kleine Boot schaukelt heftig, als sie einsteigt.

An dem kleinen Kiosk, der direkt am Wasser liegt, kaufen sie sich alle drei je eine Waffel mit zwei Kugeln Eis. Beide wollten Christine dazu einladen, doch das Mädchen wehrt lachend ab. „Was soll das? Wir haben alle wenig Taschengeld, warum wollt ihr mein Eis bezahlen?"

Michael nickt, er hat wahrscheinlich noch weniger als Christine und Thomas. Sein Vater und er leben allein, da seine Mutter vor fünf Jahren die Familie verlassen hat. Der Vater ist Nachtwächter im Atomkraftwerk in Bassenfleth, das Geld reicht vorn und hinten nicht. Michael hat schon oft darüber gegrübelt, warum das so ist. Seinen Vater zu fragen, traut er sich nicht, weil der bestimmt wütend werden würde. Außerdem ist der entweder bei der Arbeit, oder er schläft am

Tag wegen seines Schichtdienstes. Mit dem Vater zu sprechen, ist daher gar nicht möglich, selbst wenn es Michael wollte. Freunde kann er nicht mit nach Hause bringen, da es dort leise sein muss, damit sein Vater nicht aufwacht. Christine und Thomas haben das akzeptiert, ohne Fragen zu stellen.

Nach dem Eis essen steigen sie wieder ins Boot und rudern gegen den Strom, das Wasser läuft zwar langsam, es ist jedoch anstrengender als flussabwärts. Außerdem machen die beiden Jungen viel Quatsch, sodass das Boot mal links und mal rechts am Ufer landet. Mit viel Gelächter wird es dann wieder zurück in den Fluss geschoben. Es erweist sich dabei als zweckmäßig, dass sie beide barfuß sind und eine kurze Hose tragen.

„Wenn ich wegen euch ins Wasser falle, könnt ihr was erleben!", droht Christine.

Nach der lustigen Fahrt erreichen sie den Anlegesteg von Thomas' Eltern. Er springt zuerst auf den Steg, befestigt das Boot und hilft Christine an Land.

Sie steht auf dem Rasen und sieht den beiden Jungen zu. Die Sonne spielt in ihrem Haar und zaubert goldene Lichter hervor, süß sieht sie aus in ihrer dunkelblauen Jeans und dem weißen T-Shirt.

Michael sieht sie an und grinst. „Wir werden jetzt um Christine kämpfen, ich weiß auch schon wie."

Christine verdreht die Augen. „Macht jetzt keinen Quatsch, ich mag euch beide, ganz egal, wer gewinnt", versucht sie, den Wettkampf zu verhindern.

Aber Michael hat so etwas Ernstes ohnehin nicht im Sinn, das Werben um ihre gemeinsame Freundin spielt eigentlich keine Rolle, schon deshalb, weil beide Jungs wissen, dass sie sich Christines Unwillen zuziehen, wenn sie die Sache mit, „Wer bekommt Christine", übertreiben. „Wir stellen uns beide ins Boot und versuchen, den anderen ins Wasser zu stoßen.

Wer zuerst in der Schwinge liegt, muss bei Christine zurückstehen."

„Das ist unfair, Du bist der Stärkere", gibt sie gegenüber Michael zu bedenken.

„Das ist nicht so wichtig, es kommt auf Geschicklichkeit an", erwidert Thomas, ihm gefallen der Plan und der Gedanke, seinem Freund zu einem Bad zu verhelfen.

So wird es gemacht, das Boot wird wieder gelöst und so am Steg angebunden, dass es etwa einen Meter entfernt in der Strömung treibt. Die beiden Freunde fühlen sich beide schon als Sieger, sie pendeln hin und her und versuchen immer wieder, dem anderen einen Stoß zu verpassen. Der Kampf ist ausgeglichen, Michael hat zwar breitere Schultern und ist kräftiger als sein Freund, dafür ist dieser flinker. Hin und her geht das Gerangel, mal strauchelt Thomas, dann wieder scheint er als Sieger hervorzugehen. Da tritt er auf die Dose, die vor einer Stunde zum Leerschöpfen des Bootes gedient hat, er stolpert, fällt nach hinten und kippt über die Bordwand. Instinktiv versucht Michael ihn festzuhalten, doch es ist zu spät. Durch eigene Dusseligkeit liegt Thomas jetzt im Wasser, es ist nur wenig mehr als knietief, aber er ist nass von oben bis unten.

„Das zählt nicht. Ich hätte mich ohnehin nicht nach dem Ergebnis gerichtet, ich bin schließlich kein Preis, den man gewinnt", bemerkt Christine. Darum ging es den Jungs nicht, es war ein Gerangel unter Freunden. Unter Lachen reicht Michael Thomas die Hand und hilft ihm aus dem Wasser heraus. „Wir holen das nach, damit der Wettkampf eindeutig entschieden wird, vorerst ist es unentschieden."

„Vor allen Dingen habe *ich* mich nicht entschieden", setzt Christine hinzu. „Lasst diesen Blödsinn, das kann mich sowieso nicht beeindrucken. Ich suche mir meinen späteren

Mann bestimmt nicht danach aus, wie lange er in einem schwankenden Ruderboot stehen kann, ihr Clowns!"

Triefnass eilt Thomas ins Haus, um sich trockene Kleidung anzuziehen. Nur wenige Minuten später kommt er wieder heraus, schier und trocken, nur die Haare sind noch nass. Er setzt sich zu den beiden an den grün gestrichenen Holztisch in den Garten.

„Du darfst dein Fahrrad nicht vergessen", erinnert Michael Christine. Es steht noch auf der anderen Seite der Schwinge, es gibt hier jedoch Wege und eine Brücke, sodass es einfach zu holen ist.

„Wir haben heute erst den dritten Tag der Sommerferien, was machen wir mit dem Rest der Zeit?", beginnt Thomas wieder mit dem Thema, das ihn beschäftigt.

„Du denkst an Detektiv spielen, oder?", wirft Michael ein.

„Detektiv spielen?", fragt Christine. „Wie Räuber und Gendarm? Sind wir aus dem Alter nicht langsam raus?"

Thomas prustet: „Ach Quatsch! Nein, richtiges detektivisches Arbeiten, mit richtigen Fällen, weißt Du."

„Ach so! Ja, dazu hätte ich auch Lust, allerdings……"

„Ich weiß, was Du sagen willst", erwidert Michael. „Das Problem ist, dass wir erst mal von Verbrechen erfahren müssen. Die Gauner inserieren ja nicht in der Zeitung, wenn sie was vorhaben. Vielleicht haben die auch Ferien." Er grinst. „Wir müssen warten, bis etwas passiert."

Thomas sieht nachdenklich in die Ferne. „Vielleicht gibt es einen ungelösten Fall, bei dem wir unsere Hilfe anbieten könnten."

„Du meinst wohl, die haben gerade auf uns gewartet? Wenn wir drei bei der Polizei rein spazieren, schickt man uns sofort wieder weg", bemerkt Michael deprimiert. „Oder was meinst Du, Christine? Sollten wir deinen Vater mal fragen, ob es für uns etwas zu tun gibt?"

Ihre Freundin kraust die Stirn. „Er würde uns bestimmt gerne helfen, ich denke aber, dass wir zu jung sind, und dass er nicht will, dass ich mich in Gefahr begebe. Außerdem dürfen die Beamten bestimmt keine Informationen an Privatpersonen weitergeben."

„Eben, das sag ich ja. Wir müssen selbst etwas finden. Vielleicht finden wir einen Gauner, bevor er sein Verbrechen begeht", ereifert sich Thomas.

„Wie hast Du dir das denn gedacht? Das scheint mir ja nun völlig unmöglich", sagt Michael resigniert.

Doch Thomas lässt sich nicht so schnell entmutigen. „Was ist zum Beispiel mit unserem Nachbarn auf der anderen Straßenseite?"

„Du meinst den Senftleben?", fragt Christine.

„Ja, genau, der. Womit verdient der sein Geld? Einen dicken amerikanischen Straßenkreuzer fährt der, außerdem kommt er immer spät nach Hause, manchmal erst in der Nacht." Thomas zermartert sich das Gehirn, ihm fallen sicher gleich noch mehr Argumente ein.

„Der hat so 'n Auto, wie ein Zuhälter", ergänzt Michael. Dann leuchten seine Augen. „Den hab' ich schon mal mit zwei stark geschminkten Frauen mit ganz hohen Schuhen zusammen gesehen, vielleicht stimmt das sogar, das mit dem Zuhälter."

„Seht ihr", sagt Thomas, jetzt wieder zufrieden. „Man muss sich nur seine Umgebung genau ansehen, man findet immer irgendetwas. Es muss ja nicht gleich Mord sein, ein geklautes Fahrrad ist doch auch schon was."

„Was wollen wir denn jetzt mit dem Senftleben machen?", möchte Christine wissen. Sie stellt sich schon vor, wie bei dem Herrn die Handschellen klicken.

„Ich werde mir ab morgen den Kilometerzähler seines Autos ansehen, dann wissen wir schon mal, wie weit er so fährt." In Thomas' Kopf arbeiten die kleinen grauen Zellen, um bei dem Beispiel von Agatha Christie zu bleiben. Mit einer Pfeife in der Hand könnte er sicher noch viel weitergehende Schlüsse ziehen, vorerst muss eine imaginäre genügen. Später, wenn er dann richtiger Detektiv ist, wird er sich eine ganze Sammlung von Pfeifen leisten können. Für jeden neuen Fall wird er sich eine andere stopfen.

Thomas' Mutter kommt aus dem Haus auf die drei zu.

„Was? So spät ist es schon?", ruft er erschrocken aus. Seine Mutter arbeitet bei der Post im Zentrum, es ist fast 19 Uhr.

„Bleiben deine Freunde zum Abendessen?", fragt sie.

Die drei blicken sich an, Christine schüttelt den Kopf. „Meine Mutter kommt bald nach Hause, wir essen dann alle zusammen."

„Und Du, Michael? Ist dein Vater zu Hause?"

Der schüttelt den Kopf. „Nein, mein Vater hat diese Tage Spätschicht, den sehe ich frühestens am späten Abend." Wenn überhaupt, denkt Michael, meist kommt er grußlos ins Haus und sieht entweder fern, oder er geht ins Bett. Ein Gespräch mit seinem Sohn ist das Letzte, was er dann im Kopf hat.

„Dann bleib doch bei uns, auf einen Esser mehr am Abendbrottisch kommt es nicht an."

Dankend nimmt Michael das Angebot an. So bekommt er nicht nur ein reichhaltiges Abendbrot, sondern kann sich außerdem noch eine Weile mit seinem besten Freund unterhalten. Christine verabschiedet sich, sie muss noch ihr

Fahrrad holen. Die beiden Jungen blicken ihr nach, bis sie auf der anderen Seite der Brücke verschwunden ist. Nur einen Moment später kommt sie zurück, sie sitzt auf dem Rad, winkt kurz mit einer Hand und fährt laut klingelnd auf dem Weg an ihnen vorbei. Die Speichen blinken im Abendlicht, ihr Zopf schwingt hinterher, als sie in Richtung Horstsee verschwindet.

„Christine ist schon etwas Besonderes", sagt Thomas mit einem Seufzer.

„Ja, das stimmt. Wir können uns freuen, dass sie uns zwei Esel als Freunde ausgesucht hat", fügt Michael hinzu.

„Das mit dem Esel trifft nur für dich zu. Ich weiß schon, warum sie mich auserwählt hat", antwortet Thomas mit einem Lachen.

„Wie ein Esel so den anderen kennt!", neckt Michael und sie eilen lachend ins Haus. Plötzlich fällt Michael siedend heiß ein, dass sein Bruder Andreas längst zu Hause ist, er war den Nachmittag über bei einem Klassenkameraden gewesen. „Ob ich mal telefonieren darf?", fragt er seinen Freund.

„Klar, was ist denn los?"

„Ach, Andreas, der weiß ja gar nicht, wo ich bin. Er kann ganz gut alleine zu Hause bleiben, aber es ist besser, wenn ich mich zwischendurch mal melde."

„Kein Problem, das Telefon steht auf dem Schränkchen im Flur."

Michael wählt und hört das Freizeichen. „Andreas Heinze?" Die Stimme seines Bruders ist kaum zu hören.

„Andy? Ich bin´s Michael! Alles klar bei dir?"

„Michael! Wo bist Du denn? Es ist schon ganz spät und ich weiß nicht, wie die Matheaufgaben gehen!", beschwert sich Andreas mit weinerlicher Stimme. „Ich hab' mich mit Uwe gestritten und bin schon um halb vier nach Hause gefahren, aber Du warst nicht da." Er schnieft.

„Da war ich schon wieder weg. Mensch, Kleiner! Ich kann doch nicht immer zu Hause sein und dir die Hand halten! Ich komm in einer Stunde nach Hause, ja? Dann gucken wir uns noch mal deine Matheaufgaben an, okay?"

„Ist gut", schnieft der Bruder und legt auf.

Thomas hat das Meiste des Telefongesprächs mitbekommen. „Alles klar, Michi?" Er nennt Michael gerne so, obwohl der die Kurzform seines Namens hasst.

Doch heute geht er nicht darauf ein. „Ach, der Kleine", sagt er düster. „Ich muss praktisch immer ein Auge auf ihn haben, mein Vater fühlt sich nicht zuständig. Und wenn etwas mit Andreas passiert, er sich verletzt oder sonst was, kriege ich garantiert Ärger."

Thomas zögert. „Kann ich dir irgendwie helfen?"

Michael braust auf: „Wobei denn? Willst Du auf den Zwerg aufpassen und seine Matheaufgaben nachsehen?"

„Na ja, besser als Du, oder?"

Michael wirft ihm einen wütenden Blick zu. „Sehr witzig, wirklich. Ich weiß, dass ich nicht der Mathekönig bin, nicht nötig, mir das unter die Nase zu reiben."

„Ach komm schon, Michi. War doch nur 'n Witz. Was ich sagen wollte, ist, dass Du auf mich zählen kannst. Wenn Du von deinem Alten irgendwelche Jobs aufs Auge gedrückt kriegst, kann ich dir doch helfen!"

„Wirklich?"

„Nee, das sag ich nur so. Natürlich »wirklich«, was denkst Du denn? Komm, lass uns was essen, damit dein Brüderchen nicht so lange allein ist."

Thomas' Vater ist inzwischen von der Arbeit heimgekommen. Er ist Amtmann bei der Landesregierung und arbeitet in dem großen Gebäude am Bahnhof. „Hallo, mein Junge!", er umarmt Thomas, Michael bekommt einen

Händedruck von ihm. „Na, ihr Schlawiner? Was habt ihr denn heute angestellt?"

„Wir sind mit dem Boot zum Eis essen nach Stade gerudert", antwortet Michael.

„Das hat bei dem schönen Wetter sicher Spaß gemacht. War Christine dabei? Ihr drei seid doch unzertrennlich."

„Ja, sie kam zufällig mit dem Fahrrad vorbei."

„Dachte ich 's doch. Es ist schön, dass ihr euch so gut versteht."

Nach dem Abendessen verabschiedet sich Michael, Thomas begleitet ihn zur Straße. „In den nächsten Tagen werden wir uns meinen Nachbarn mit dem Amischlitten mal vornehmen," sagt er, „Vielleicht hat er ein Geheimnis zu verbergen."

„Ja, gut. Ich werde mich mal in meiner Nachbarschaft umsehen, vielleicht haben wir Verbrecher in der allernächsten Umgebung, wer weiß das schon. Vielleicht klaut jemand eine fremde Zeitung, oder die Milch, die beim Nachbarn auf der Schwelle steht, oder -" Michael hat offenbar Freude an der Idee gefunden, jemandem eine strafbare Handlung nachzuweisen. Zuerst muss er sich allerdings um seinen Bruder kümmern. Sein Weg nach Hause ist nicht lang, er wohnt in der Teichstraße an der Ecke zur Feldstraße.

Thomas steht auf dem Bürgersteig und blickt Michael hinterher. In diesem Moment kommt Herr Senftleben nach Hause. Dumpf grollend rollt das große Auto vor die Garage. Thomas steht scheinbar gleichmütig vor der Haustür seiner Eltern und visiert möglichst unauffällig zu dem Nachbarn hinüber. Der schaltet den Motor ab, steigt aus und geht ins Haus. Thomas wartet eine kleine Weile und geht dann unauffällig über die Straße. Er benimmt sich so, als wolle er sich aus reiner Neugier das Auto ansehen. Es ist glänzend schwarz lackiert, goldene Zierlinien sind an jeder Kante zu finden, auf der Motorhaube prangt riesengroß das Firebird-Logo – ein stilisierter goldener Adler: der Feuervogel. Thomas beugt sich zur linken Seitenscheibe und sieht in das Innere des Wagens. Sein Interesse gilt dem Kilometerzähler, er merkt sich die fünfstellige Zahl und geht leise pfeifend zurück nach Hause.

Drei Tage später treffen sich die drei wieder. Sie stehen im Haus von Thomas Eltern am Küchenfenster, und blicken auf die Jahnstraße hinaus. Das auffällige Auto des Herrn Senftleben steht noch an seinem Platz. Entsprechend Thomas' Beobachtungen sollte der Wagen innerhalb der nächsten halben Stunde den Platz vor der Garage verlassen.

„Werden wir es schaffen, ihn mit unseren Fahrrädern zu verfolgen?", sorgt sich Christine.

Thomas gibt sich selbstbewusst. „Solange er in der Stadt bleibt, dürfte es nicht schwierig sein. Außerhalb des Ortes ist nichts zu machen, wir können dann nur sehen, in welche Richtung er verschwindet. Aber", er hebt einen Finger, „er fährt nicht so weit. In den letzten beiden Tagen hat er lediglich acht Kilometer zurückgelegt. Rechnet man hin- und zurück, beträgt eine Tour nur zwei Kilometer. Nun lasst uns hier nicht versauern, wir werden uns mit unseren Fahrrädern am Ende der Jahnstraße auf die Lauer legen, dort fährt er immer vorbei, dann können wir ihn verfolgen."

Aufgeregt gehen die drei Freunde auf die Straße, sie steigen auf ihre Fahrräder und radeln bis zur Ecke. Thomas stellt sein Fahrrad ab und blickt immer wieder die Jahnstraße hinunter. Die beiden anderen warten etwas abseits, damit sie nicht auffallen.

„Er kommt!" Thomas springt auf sein Fahrrad und rollt an den Rand des Bürgersteiges. Einen Moment später rollt leise brummelnd der auffällige schwarze Wagen vorbei, die drei treten in die Pedale und folgen ihm in etwa dreißig Schritt Abstand. In den verwinkelten Straßen ist es kein Problem, dem Auto zu folgen, die drei halten Distanz zu dem Wagen. Schließlich steht das Auto an der Ampel vor der Brücke über die Bahn. Das Lichtzeichen springt auf Grün, der Firebird fährt an und folgt der Harburger Straße. Mit etwa fünfzig Sachen fährt der Straßenkreuzer die gerade Straße entlang und entfernt sich von den dreien auf ihren Rädern. Selbst Michael, der Sportlichste unter ihnen, kann dem Wagen nicht mehr folgen. Doch dann hält das Auto am Abzweig zur Sachsenstraße an einer roten Ampel. Keuchend erreichen unsere Radfahrer die Kreuzung, bei spätgelb überqueren sie die Kreuzung, der schwarze Wagen ist kaum noch zu sehen.

Einen halben Kilometer weiter gibt Thomas das Zeichen zum Halten. „Das hat keinen Sinn, er hat heute offenbar ein anderes Ziel, wir müssen die Verfolgung auf später verschieben."

„Ja, das finde ich auch," keucht Michael, „nach meinem Kilometerzähler hat er schon über zwei Kilometer zurückgelegt, der will heute woanders hin."

Christine schnauft noch von dem raschen Treten, sie ist etwas enttäuscht. „Das ist schade, dass es heute nicht klappt."

Michael klopft ihr auf die Schulter. „Macht nichts, das holen wir morgen nach." Dann sieht er seine Freunde an. „Was haltet ihr vom Baden? Wir könnten zum Freibad nach Campe fahren."

„Ja, das wär' gut nach dieser Strampelei, ich muss mir nur mein Badezeug holen", sagt Christine.

„Das ist keine Sache, das müssen wir auch", wirft Thomas ein.

Eine halbe Stunde später sind die drei im Freibad im alten Stader Stadtteil Campe. In früheren Jahren war Campe ein Dorf, das von der sich vergrößernden Stadt Stade einverleibt wurde. Bis zum Jahr 1965 stand die Stader Saline in der Nähe des heutigen Freibades. Darüber denken die drei nicht nach, übermütig spielen sie im Wasser und sonnen sich auf der großen Liegewiese. Michael kann es sich nicht verkneifen, Christine durch einen Sprung vom Zehnmeterturm zu beeindrucken.

„Angeber!", ist der einzige Kommentar von Thomas. Mitunter beneidet er Michael um seinen Mut und dessen sportliche Fähigkeiten. Ihm liegt das nicht, er arbeitet lieber mit dem Kopf. So auch jetzt, heute Abend wird er sich wieder den Kilometerzähler in dem dicken Auto von dem Senftleben ansehen. Wo der wohl hingefahren ist?

Gegen Mittag fahren die drei nach Hause, Thomas ist gespannt, ob der Nachbar von seinem Ausflug zurück ist, aber von Senftlebens Pontiac ist weit und breit nichts zu sehen. Erst spät am Abend, es ist schon nach zehn, hört Thomas von seinem kleinen Zimmer im Dachboden das typische Grollen der 6-Liter Maschine. Er schleicht mit einer Taschenlampe aus dem Haus und zu dem Nachbarn hinüber. Um diese Uhrzeit bei dem Wagen erwischt zu werden, würde ihn sicher in Erklärungsnot bringen, so prägt er sich die Kilometerzahl ein und kehrt rasch in sein Zimmer zurück. Aus der Schublade am Tisch holt er sich einen Notizblock. »Observierung Senftleben, Stade« steht in großen Druckbuchstaben als Titel darauf. Bisher gibt es nur eine sehr kurze Liste mit Kilometerangaben, die Daten von heute Abend fügt er hinzu und rechnet die

Differenz aus. Aha, über 140 Kilometer ist Senftleben heute gefahren. So was ist mit Fahrrädern natürlich nicht zu schaffen. Thomas seufzt, wenn sie nur schon älter wären!

Übermorgen wollen sie einen neuen Versuch starten. Morgen hat Christine keine Zeit, ihre Mutter will mit ihr zu Mohr nach Dollern zum Einkaufen. Sie sei aus allen ihren Hosen herausgewachsen, hatte Christine erzählt.

Die drei Freunde stehen wieder hinter der Gardine in der Küche. Harmlos steht das schwarze Auto in der Auffahrt auf der anderen Straßenseite und glänzt in der Sonne.

„Alles klar?", fragt Thomas. „Sind eure Fahrräder in Ordnung? Nicht, dass einer mit einem Platten zurückbleiben muss."

„Bei meinem stimmt alles, mein Bruder hat das Rad nachgesehen", erklärt Christine. Ihr Bruder Christian ist drei Jahre älter als sie und das erste Kind des Kriminalkommissars Werner Hansen und dessen Frau Gabriele.

Michael nickt nur, er will einmal Autoschlosser werden, deshalb ist es für ihn eine Selbstverständlichkeit, dass sein Rad immer auf Vordermann ist.

„Na, dann los!" Thomas geht voran, für diese Aktion ist er ohne Absprache als Anführer vorgesehen. Sie fahren wieder bis an das Ende der Jahnstraße und warten dort auf den dicken Wagen.

Auf das Zeichen von Thomas steigen sie auf ihre Räder, der Wagen rollt leise vorbei, sie schließen sich ihm in sicherer Entfernung an. Am Ende der Teichstraße biegt das schwarze Auto nach links ab, um dann später die Hansebrücke über den Bahnhof zu überfahren. Weiter geht die Tour zur Tiefgarage unter dem Parkplatz am Sande. Die drei Fahrradfahrer können leicht folgen, auf dem Parkplatz stellen sie ihre Räder ab.

„Kannst Du bitte auf unsere Fahrräder aufpassen? Wir sehen nach, wo er bleibt", fragt Thomas Christine.

Die zieht ein Gesicht. „Immer muss ich auf die Räder aufpassen, bloß, weil ich ein Mädchen bin."

„Nein, Christine, damit hat es absolut nichts zu tun, das ist wichtig: Wenn wir ihn unten nicht finden, musst Du ihn verfolgen, wenn er hier inzwischen irgendwo herauskommt. Die Fahrräder musst Du dann unbeaufsichtigt lassen."

„Na gut", damit ist Christine zufrieden.

Thomas und Michael eilen die Fußgängertreppe nach unten. Die Tiefgarage hat zwei Ebenen mit mehreren Räumen, das ist nicht mit einem Blick zu übersehen. Deshalb halten sie sich in der Nähe der Ausgänge. Michael bleibt dort, wo sie eben hereingekommen sind, Thomas eilt zum Haupteingang.

Und richtig: Nur ein paar Minuten später kommt Herr Senftleben mit einer Umhängetasche zum Haupteingang. Thomas versteckt sich in einer Nische, Senftleben steigt die Treppe hinauf. Er folgt ihm mit etwa zwanzig Schritt Abstand, jetzt tritt er nach draußen auf den Parkplatz.

Mit einem Mal steht Michael neben ihm, er keucht etwas, er ist gerannt. „Ich sage Christine Bescheid, bleib Du an ihm dran", flüstert er noch außer Atem.

Doch das ist nicht mehr notwendig, Christine hat sie vom anderen Eingang gesehen, und läuft mit wehendem Zopf auf sie zu. Dann folgen sie dem Mann.

Herr Senftleben bekommt von all dem offenbar nichts mit. Mit zügigen Schritten geht er die Große Schmiedestraße entlang, biegt zur Kirche hin ab. Dann macht er sich mit einem Schlüssel an einer Tür zu schaffen und verschwindet im Inneren eines Geschäftes.

Die drei sehen sich verblüfft an. »Poggensiel & Partner« steht in großen Buchstaben über dem Schaufenster. Was ist das für eine Firma? Thomas, Michael und Christine sehen sich neugierig die Dekoration an. Viele Bilder sind hier ausgestellt, Porträts, ein Bild eines Hochzeitspaares, der Hintergrund ist eine Panoramaansicht der Elbe.

„Was ist denn das für ein Geschäft?", wundert sich Christine.

„Thomas ist unschlüssig. „Es sieht aus, wie ein Fotoatelier, ist mir bisher gar nicht aufgefallen."

„Das könnte hinkommen, aber wie passt jetzt das dicke Auto und die geschminkten Frauen dazu?", fragt Michael. Der geheimnisvolle Herr Senftleben hat mit einem Mal etwas von seiner geheimnisvollen Ausstrahlung eingebüßt.

Die Tür des Ladens wird geöffnet und der Mann, den sie verfolgt haben, tritt heraus. Herr Senftleben trägt eine Kamera auf einem Stativ, sein erster Blick gilt dem Himmel, dann bemerkt er die drei Jugendlichen, die ihn entgeistert anstarren. Jetzt sehen sie den Mann zum ersten Mal aus der Nähe, er trägt eine schwarze Jeans und ein schwarzes T-Shirt mit einem großen Aufdruck »New York City«, sowie einer stilisierten Silhouette der New Yorker Skyline. Er mag etwa dreißig Jahre alt sein, fast schwarze Haare reichen beinahe bis auf die Schulter. Er hat einen Begleiter dabei, ein junger Mann, etwa achtzehn oder neunzehn, er trägt eine Tasche über der Schulter und eine silbrig glänzende, große Scheibe in der Hand. Die dritte Person ist eine junge Frau. Sie trägt einen kurzen, schwarzen Rock und ein weißes, kurzärmeliges Oberteil. Lange, blonde Haare sind aufwendig zu Locken gedreht, ihr Gesicht ist kräftig geschminkt, mit roten Lippen und dunklem Lidschatten. Auf goldenen, hochhackigen Schuhen trippelt sie den beiden Männern hinterher, was auf dem Kopfsteinpflaster nicht einfach ist.

Die drei Jugendlichen bekommen kaum ihren Mund wieder zu, aufmerksam folgen sie mit ihren Blicken der seltsamen Gruppe und gehen dann langsam hinterher. Herr Senftleben geht voraus, die kleine Straße zur Kirche hinunter, er stellt das Stativ auf und blickt prüfend in den Sucher. Per Handzeichen werden die beiden Personen dirigiert. Die junge Frau steht schließlich zehn Meter vor der Kamera, die Kirche im Hintergrund. Der Gehilfe versucht mit seinem Reflexschirm, Licht in die Schatten am Hals der Frau zu spiegeln.

Die Arbeit dauert eine Weile, über eine halbe Stunde geht vorbei. Thomas, Michael und Christine beobachten gespannt das Schauspiel. Die beiden Jungen starren unverwandt das Model an. „Mannomann, die ist vielleicht hübsch", entfährt es Michael, er spricht das aus, was Thomas selbst gerade denkt.

Christine sagt nichts, sie stellt sich gerade vor, dass sie einmal selbst vor einer Kamera stehen könnte.

Sie hören die Stimme des Fotografen. „Vielen Dank, liebe Margitta, das sieht sehr gut aus." Er wendet sich dann an seinen Gehilfen. „Friedrich, vielen Dank für die Hilfe. Wenn ihr den Film gleich entwickeln würdet, um die Vergrößerungen kümmere ich mich selbst."

„Geht klar, Chef", der Gehilfe hängt sich die Tasche wieder über die Schulter und geht als letzter in den Laden zurück.

„Damit ist der Fall klar", fasst Thomas die Beobachtungen zusammen. „Er ist Fotograf und macht Bilder von Personen, das erklärt zum Beispiel die geschminkten Frauen."

„Und warum fährt er so einen auffallenden Wagen, und warum kommt er oft so spät nach Hause?" Michael mag sich noch nicht so einfach von ihrem „Fall" verabschieden.

„Tja, das kann verschiedene Gründe haben. Auf jeden Fall ist er kein Verbrecher", erwidert Thomas.

„Was machen wir jetzt?", möchte Christine wissen.

Thomas und Michael zucken mit den Schultern.

Die drei haben nicht gemerkt, dass sie beobachtet werden. Herr Senftleben ist aus seinem Laden gekommen und steht hinter ihnen. „Kann ich etwas für euch tun?", fragt er.

Erschrocken blicken die Drei hoch. Mit einem Mal kommen sie sich ertappt vor.

„Äh, wir…" beginnt Michael.

Dann fasst sich Thomas ein Herz. Er möchte nicht herumdrucksen und klar sagen, was sie gemacht haben. Es ist schließlich nicht verboten. „Wir sind Hobby-Detektive und wollten zum Beispiel herausfinden, was Sie machen."

Herr Senftleben lächelt jetzt. „Ihr meint, so, wie Philip Marlowe oder Sam Spade?"

„Ja, so in etwa." Thomas ist überrascht, dass Herr Senftleben so schnell verstanden hat, was er sich gedacht hat.

„Und wieso seid ihr gerade auf mich gekommen?"

„Das ist einfach: Sie wohnen meinen Eltern gegenüber und fahren so ein auffallendes Auto."

Jetzt lacht Herr Senftleben lauthals. „So, und das macht mich zu einer verdächtigen Person? Wisst ihr was, kommt doch einen Moment in mein Atelier."

Die drei zögern nicht lange und folgen dem Fotografen. Der Laden hat einen Verkaufsraum, der nach hinten durch einen Tresen abgetrennt wird. Herr Senftleben geht hinter den Verkaufstisch. „Wollt ihr etwas trinken? Vielleicht einen Saft?" Er fasst hinter den Tresen und stellt eine Dose mit Bonbons auf die Verkaufsfläche. Auf Wunsch der Kinder fördert er noch drei Gläser und eine Flasche mit Orangensaft hervor. „Mit Cola kann ich nicht dienen, höchstens Kaffee."

Die drei schütteln den Kopf. „Vielen Dank." Michael nimmt sich gerade einen Bonbon.

„Erzählt doch mal, was glaubt ihr, was ich mache?" Herr Senftleben schmunzelt über seine drei jungen Gäste. „Wie heißt ihr eigentlich?"

Artig stellen sich die drei vor. Als sich Christine mit ganzem Namen vorstellt, stutzt Herr Senftleben. „Ist Gabriele Hansen deine Mutter?"

„Ja, kennen Sie sie?", mit großen Augen sieht Christine zu ihm hoch.

„Ja, ich habe sie ein paar Mal im Auftrag des Friseurs für einen Prospekt fotografiert, sie hat doch so schönes rotes Haar." Er sieht die drei an. „Hättet ihr Lust, mir als Kindermodelle zur Verfügung zu stehen?"

Sie nicken, das hört sich interessant an.

Herr Senftleben ahnt, was sie denken. „Das ist nicht spannend, eher langweilig, aber ihr bekommt etwas Geld dafür." Dann schmunzelt er wieder. „So spannend wie Detektiv sein, ist es nicht." Er sieht sie mit einem Lächeln an. „Wie nennt ihr euch denn? Hercule Poirot? Oder Sherlock Holmes? Dann bist Du wohl Doktor John Watson", er zeigt auf Michael. „Und Du, junge Frau, bist dann wohl Miss Marple?"

Thomas schüttelt den Kopf. Macht Senftleben sich etwa über sie lustig? „Darüber haben wir noch nicht nachgedacht." Er schluckt und erklärt den Grund, warum sie ausgerechnet ihn verfolgt haben. „Wir haben gedacht, Sie wären vielleicht so was wie – na ja, ein Zuhälter, weil Sie so einen dicken Amischlitten fahren, und oft so spät nach Hause kommen - und die geschminkten Frauen..."

Herr Senftleben stutzt und bricht dann in lautes Lachen aus. „Mein lieber Junge, lass das bloß meine Models nicht hören!" Er lacht wieder.

Schließlich hören die drei die ganze Geschichte. Amerikanische Wagen sind ein Hobby von ihm. Seitdem er vor zehn Jahren in Amerika Fotografie studiert hat, ist er begeistert von den großvolumigen Motoren. Die lange Arbeitszeit ist schnell erklärt, die Arbeit in der Dunkelkammer ist oft sehr langwierig.

„Warum steht denn Poggensiel & Partner an der Scheibe?", möchte Christine wissen.

„Gute Frage", der Fotograf nickt. „Bernd Poggensiel ist mein Freund und Partner. Er ist der, der das eigentliche Geld in diesem Geschäft verdient. Er macht Aufnahmen für die Industrie, er hat auch mehrere eigene Mitarbeiter." Er lacht. „Ich bin mehr der Künstler, ich fotografiere Modelle, bei Hochzeiten, Taufbilder und so weiter." Er macht eine lange Pause. „Sagt mal, wie seid ihr eigentlich ausgelastet? Ich hätte eventuell einen Auftrag für euch." Verschwörerisch blickt er den Dreien in die Augen und flüstert: „Das muss natürlich unter uns bleiben, klar?"

Die drei spüren plötzlich Herzklopfen. Ein echter Auftrag!

Der erste Auftrag

Herr Senftleben blickt Thomas an. „Ich muss dazu noch etwas klären. Sprich mich in den nächsten Tagen doch mal an." Er grinst. „Ihr wisst ja, wo ich wohne."

Später auf dem Bürgersteig reden alle drei durcheinander. „Mannomann, wir sollen einen richtigen Fall lösen", Michael ist begeistert.

„Warte erst mal ab, wer weiß, was es wird", Thomas ist etwas besonnener.

Drei Tage später wissen sie Bescheid. Herr Senftleben hatte vor seiner Arbeit bei Thomas geklingelt und ihm den Auftrag erläutert.

„Ihr müsst euch bei Giacomo Barchetti melden, ihm gehört das Restaurant an der Schwinge und der Bootsverleih. Er ist ein Freund von mir, und kann Hilfe von ein paar Detektiven gebrauchen."

Thomas schluckt, wenn sie sich jetzt nur nicht übernehmen. „Vielen Dank für ihre Vermittlung", sagt Thomas. „Wir werden uns Mühe geben."

„Da bin ich mir sicher, ich wünsche euch viel Erfolg!" Dann brummt er mit seinem dicken Auto davon.

Später am Vormittag stehen Thomas, Michael und Christine vor dem Tresen des Restaurants an der Schwinge und sprechen mit dem Wirt. Er ist pummelig, schwarze Haare wuchern über einem ewig lachenden Gesicht. Er sieht seine drei Gäste mit einem Schmunzeln an. „Buongiorno, miei cari! So, ihr seid also die Detektive, die mir mein Freund Horst empfohlen hat?"

„Detektive ist vielleicht übertrieben, aber wir werden uns bemühen, ihren Auftrag zu erfüllen."

Der Wirt nickt. „Così, wir haben vor dem Restaurant an der Schwinge einen Bootsverleih. Wir haben dort Ruderboote in verschiedenen Farben, die halb- beziehungsweise stundenweise vermietet werden, capitò? Seit Juni sind zwei Boote verschwunden. Das ist ärgerlich, eines kostet fast tausend Mark!" Er blickt von einem zum anderen. „Ich brauche jemanden, der die Boote beobachtet, besonders die, die sich weiter entfernen. Falls dann ein Boot aus dem Wasser genommen wird, muss ich im besten Fall das Kennzeichen des Autos wissen, mit dem es abtransportiert worden ist." Er blinzelt. „Geld gibt es keines, ihr könnt euch aber am Nachmittag eines jeden Tages einen Becher mit Eis aussuchen. Mögt ihr Eis?"

Blöde Frage. „Ja!", rufen alle drei gleichzeitig.

Wieder blickt er die Nachwuchsdetektive an. „Traut ihr euch das zu?"

Thomas nickt eifrig, seine beiden Freunde schließen sich an. „Wir werden tun, was wir können."

„Sehr schön. Ich stelle euch noch meinen Mitarbeiter vor, er gibt die Boote aus und rechnet mit den Kunden ab."

Der Mitarbeiter ist ein älterer Mann, spärliche graue Haare sprießen aus einem sonst kahlen Kopf. Fröhlich streckt er den dreien eine harte, braun gebrannte Hand entgegen. „Willkommen meine Lieben, ich bin Herbert Lietzmeyer, ihr könnt Herbert zu mir sagen."

Er erklärt den jungen Leuten, wie der Betrieb funktioniert. Jeder Kunde schreibt Namen und Adresse auf einen Zettel, und bezahlt für eine halbe oder eine ganze Stunde. „Da kann man leicht schummeln, vielleicht werde ich mir in Zukunft den Ausweis zeigen lassen." Er blickt die drei jungen Leute an. „Ihr bekommt gleich ein Boot, damit könnt ihr hier rauf und runter schippern, um das Revier kennenzulernen. Es reicht im Osten bis zum ehemaligen Holzhafen, im Westen bis zur Eisenbahnbrücke, das ist teilweise der alte Burggraben oder ein Teil der Schwinge. Ein Abzweig führt durch die Stadt, das ist der Fluss zur Elbe. Dass dort etwas gestohlen wird, halte ich für unwahrscheinlich. Ihr könnt euch das trotzdem mal ansehen. Irgendwo in dem Bereich sind uns bisher zwei Boote gestohlen worden." Er blickt seine jungen Gäste mit einem Lächeln an.

„Ihr fallt nicht weiter auf: Ihr seid eben Kinder, die in den Ferien Boot fahren."

Kinder! Als Kinder sehen sie sich nun wirklich nicht. Eher als Jugendliche oder Heranwachsende, auf jeden Fall aber als Detektive. Sie werden schon zeigen, was sie können!

Von Herbert Lietzmeyer bekommen sie ein Boot zugewiesen, das in leuchtendem Grün lackiert ist. Vorne am Bug ist ein messingenes Schild befestigt, darauf stehen die Nummer des Bootes und der Name des Besitzers, also »Restaurant Königsmark«.

Michael hat die Riemen übernommen, langsam rudert er voran. Die drei sind nicht so ausgelassen wie sonst beim Schippern, sondern ernsthaft, sie haben jetzt eine Aufgabe. Aufmerksam blicken sie zu jedem Boot. Sie wollen einmal das ganze Revier von Anfang bis zum Ende unter die Lupe nehmen und sich besonders die Stellen einprägen, die sich dazu eignen, ein Boot aus dem Wasser zu heben.

Unter der Eisenbahnbrücke steht ein Schild im Wasser. »Ende des Rudererreviers Bootsverleih Königsmark« steht darauf. Hinter der Brücke kann man ein kleines Stück vom geschwungenen Lauf der Schwinge einsehen.

„Sieh mal, dort wohnen deine Eltern!", ruft Christine. Schöner kann man nicht wohnen: Sträucher und kleine Bäume stehen am Ufer, die Zweige hängen bis zum Wasser hinunter.

Thomas nickt, das stimmt, er wohnt gerne hier.

„Jetzt sind wir weit genug entfernt, lasst uns umkehren", sagt Michael und beginnt zu wenden. Zurück fährt der Kahn von allein, die leichte Strömung führt ihn mit sich, Michael muss nur darauf achten, dass es die Richtung beibehält. Die Anzahl der Boote auf dem Wasser hat zugenommen, das liegt zum einen daran, dass der Tag weiter fortgeschritten ist und auch daran, dass sie sich der Bootsvermietung nähern.

„Lasst uns noch bis zum alten Holzhafen rudern", schlägt Thomas vor. „Dann haben wir das ganze Revier gesehen."

Hier steigt das Gelände am Ufer auf beiden Seiten an, es ist der ehemalige Burggraben und der Rest der Festungsanlagen, die vor fünfhundert Jahren entstanden sind. Hoch ragen die Häuser der angrenzenden Straßen Neubourgstraße und Am Burggraben in den blauen Himmel. Das Carl-Diercke-Haus ist besonders mächtig, dann folgen die Parkanlagen unterhalb des Salztorwalls. Es ist hier so schön, dass die drei beinahe vergessen, warum sie hier sind.

„Ist euch schon etwas Verdächtiges aufgefallen?", fragt Thomas.

Christine und Michael schütteln den Kopf. Die Menschen in den Booten, denen sie begegnen, sehen harmlos aus und nicht, als hätten sie die Absicht, ein Boot zu stehlen. Vielleicht ist dieser Auftrag doch nicht so einfach zu lösen, wie sie heute Morgen noch gedacht haben.

„Wir müssen uns überlegen, wie wir vorgehen", gibt Thomas zu bedenken. „Ich glaube, dass es von außerhalb der Schwinge einfacher ist. Mit dem Fahrrad ist man schneller."

„Ja, wir müssen uns nur jeweils an den Enden des Ruderreviers postieren und überprüfen, ob sich jemand mit dem Kahn auffällig weit entfernt."

Sie sind jetzt am ehemaligen Holzhafen. Noch vor zehn Jahren wurde Holz mit Schiffen hierhergebracht, um in der ehemaligen Sägerei Hagenah und Borcholte verarbeitet zu werden. Die Schwinge erweitert sich zu einem kleinen See, einige kleine Boote und ein paar Hausboote sind hier an Stegen vertäut. Der Holzhafen ist mit einer Schleuse vom alten Hafen abgetrennt, wenn hier ein Boot gestohlen werden würde, müsste es aus dem kleinen See herausgehoben werden.

Parkmöglichkeiten für ein erforderliches Transportfahrzeug sind rundherum vorhanden.

Aufmerksam beobachten die drei das Ufer. Es ist nichts Auffälliges zu sehen, lediglich harmlos erscheinende Personenwagen sind hier abgestellt.

Thomas rudert zum Bootsverleih zurück. Währenddessen machen sie Pläne für die weitere Bewachung.

„Ich schlage vor, dass sich Christine auf dem Grundstück meiner Eltern postiert, Michael und ich beobachten auf Fahrrädern das Gebiet um den alten Holzhafen."

„Ganz alleine? Das ist doch langweilig", mault sie.

„Ach wo, Du brauchst einen Liegestuhl und was zu lesen, ich bringe dir ein Glas Limonade. Wir können auch immer mal wechseln, dann darf sich einer von uns im Liegestuhl ausruhen."

Zurück auf dem Marekschen Grundstück wird ein Liegestuhl für ihre Freundin dicht an den Fluss in den Schatten der Bäume gestellt. Thomas holt ein kleines Tischchen und stellt ein Glas Brause darauf. „Wenn Du mit in mein Zimmer kommen magst, kannst Du dir ein Buch aussuchen", schlägt er vor.

Thomas hat ein Zimmer im Dachgeschoss, es hat auf einer Seite eine Schräge, das Fenster geht, wie das der Küche, auf die Straße hinaus. Ein Schrank, ein Bett, ein Tisch und ein Stuhl bilden das Mobiliar. An der schmalen Wand steht ein Bücherregal, vollgestopft mit Romanen und Reiseberichten. An der Decke hängt ein großes Flugzeug, das aus Balsaholz und Papier besteht. Thomas hat es selbst gebaut, lediglich mit gelegentlicher Hilfe seines Vaters.

Christine studiert neugierig die Bücher, etliche davon stammen noch von Thomas' Vater. Einige Romane von Karl

May sind dabei, Winnetou Band 1 bis 3, und – natürlich - Detektivromane. Sherlock Holmes von Arthur Conan Doyle und zwei Romane von Raymond Chandler. Es finden sich auch Bücher der „Drei Fragezeichen" und „Fünf Freunde" von Enid Blyton, die von Kindern mit Detektivambitionen handeln. Nach langem Überlegen entscheidet sich Christine für eines der »Drei Fragezeichen« Bücher.

„Davon wollte ich schon immer eins lesen, jetzt ist die Gelegenheit dazu." Sie klemmt es sich unter den Arm, und steigt hinter Thomas die knarrende Treppe hinunter. Schließlich ruht sie auf der Sonnenliege, das Glas Brause in Reichweite, das Buch aufgeschlagen.

„Möchte die gnädige Frau noch ein paar Kekse?", fragt Michael betont akzentuiert.

„Danke, James, ich rufe Sie, wenn ich noch etwas benötige."

Die drei Freunde lachen unbekümmert, so gefallen ihnen die Ferien, wenn sie nur ewig dauern könnten.

Thomas fällt noch etwas ein: „Hör mal, aufpassen musst Du aber schon, ja? Nicht, dass die Banditen hier seelenruhig vorbeischippern, und Du bist in das Buch versunken."

„Was denn, arbeiten soll ich hier auch noch? Na, wenn ich das gewusst hätte. Haut ab, ich pass schon auf!"

Michael und Thomas fahren mit ihren Rädern zum alten Holzhafen zurück. Sie setzen sich auf die Böschung und blicken über das glitzernde Wasser hinweg.

„Und wenn wir nun gar keinen finden? Vielleicht sind die Diebe über alle Berge, und klauen woanders Boote, oder sonst was", spekuliert Michael düster.

„Tja, wenn es so ist, haben wir Pech gehabt. Ich würde sagen, wir observieren jetzt eine Woche lang, dann überlegen wir, wie es weitergeht."

„Was Du für Wörter kennst! »Observieren«. Toll."

„Als Detektiv muss man solche Worte kennen!" Thomas stupst seinem Freund in die Seite und lacht.

Aufmerksam lassen sie die Blicke über das Ufer gleiten. Es gibt hier mehrere Stege, verschiedene Arten von Schiffen sind hier befestigt, und dümpeln schwach im Wasser. Auch einige Hausboote liegen dort, ihre hölzernen Aufbauten sind grau oder weiß gestrichen, die Fenster sind mit Läden verschlossen.

„Weißt Du, ob dort jemand wohnt? Und wann?", fragt Michael.

„Keine Ahnung, vielleicht kommt jemand zum Wochenende", vermutet Thomas. Immer mal wieder steigen sie auf ihre Fahrräder und radeln an der Schwinge und am Burggraben entlang. Bei der Gelegenheit wird auch bei Christine eine Pause zum Klönen eingelegt.

„Wie gefällt dir das Buch?", möchte Thomas wissen.

„Ganz gut, es ist recht spannend. Aber es ist kein Mädchen dabei - wieder mal."

„Na ja, Mädchen liegen eben lieber im Liegestuhl." Michael lacht, und weicht Christine aus, die mit dem Buch nach ihm schlägt.

Die Beobachtung des Bootsreviers zieht sich über mehrere Tage hin, ohne dass irgendetwas passiert. Der einzige Trost ist das schöne Wetter. Ein fast wolkenloser Himmel verwöhnt unsere Clique und den Rest der Bevölkerung an der Niederelbe.

Thomas und Michael stehen in den Parkanlagen unterhalb der Straße Am Salztorswall und blicken auf das Wasser des alten Holzhafens. Michael hat mal wieder seine Zwille zur Hand und versucht mit Steinchen einen Pfahl zu treffen, der aus dem Wasser ragt.

„Sieh mal, Thomas. Das Hausboot dort drüben ist anscheinend bewohnt."

Thomas folgt seinem Blick. Bei dem grauen Boot rechts von ihnen ist die Tür halb geöffnet, die Fensterläden sind geschlossen. „Das ist merkwürdig, dass die Fenster verschlossen sind. Wenn ich dort wohnen würde, würde ich zuerst Licht rein lassen."

Aufmerksam blicken die beiden Jungen zu dem Hausboot hin. Jetzt wird die Tür weiter geöffnet, ein Mann kommt heraus, mit einem Sack über der Schulter. Er schließt die Tür, ohne sie abzuschließen, und geht dann eilig über den Steg zum Ufer.

„Verdammt, Michael, das ist ein Dieb!" Thomas duckt sich unwillkürlich, aber die beiden Jungen scheinen für den Mann keine Gefahr zu sein. Er ist vielleicht Ende zwanzig und trägt eine graue Jacke mit einer Kapuze, die er sich – trotz der Wärme - über den Kopf gezogen hat. Er geht ans Ufer, dort hat er ein Fahrrad mit einem kleinen Anhänger stehen. Den Sack legt er in den Hänger, steigt auf das Rad und fährt los.

Michael und Thomas blicken sich verblüfft an, sie haben beide den gleichen Gedanken: Hinterher! Endlich passiert etwas! Ein Dieb auf einem Fahrrad! Dem können sie problemlos folgen. Thomas und Michael laufen zu ihren Rädern, steigen auf und fahren in ausreichendem Abstand hinter dem Dieb her.

Der hat von seinen Verfolgern nichts bemerkt, offenbar unbekümmert fährt er in Richtung des Bahnhofes. Er bleibt dann auf der linken Seite des Bahndammes und fährt immer weiter in Richtung Osten. Rechts hinter der Bahn liegen die Harburger Straße und die Bundesstraße, links davon ist eine Kleingartenkolonie. Kleine Hütten sind die einzige Bebauung, Obstbäume, Sträucher und mehr oder weniger gepflegte Beete bilden die Gartenanlagen. Ihr vermeintlicher Dieb mit dem Fahrrad fährt ein ganzes Stück vor ihnen, sie wollen auf keinen Fall entdeckt werden.

Jetzt hält er und schiebt sein Gefährt durch eine Gartenpforte. Das Fahrrad mit dem Hänger stellt er in einen Schuppen, das Häuschen ist nicht mehr als ein windschiefer Bretterverschlag, in dem er jetzt verschwindet.

Thomas und Michael beobachten den Mann aus einiger Entfernung, schließlich fahren sie an dem Grundstück vorbei, und merken sich die Nummer, die auf einem kleinen, rostigen Schildchen an der Gartenpforte befestigt ist.

Langsam fahren sie weiter, schließlich lassen sie das Kleingartengebiet hinter sich und landen an der Umgehungsstraße. Hier halten sie an, sie sind noch ganz aufgeregt wegen des gerade überstandenen Abenteuers.

„Wir müssen jetzt zur Polizei", sagt Thomas. „Hast Du dir alles gemerkt?", fragt er seinen Freund.

„Klar! Das vergesse ich nie wieder!"

Als sie wenig später in der Polizeiinspektion in der Teichstraße eintreffen, sind sie sehr aufgeregt. Was ist, wenn ihnen niemand glaubt?

Doch ihre Sorge ist unbegründet. Es ist offenbar nicht der erste Einbruch in eines der Hausboote im ehemaligen Holzhafen. Der Polizist bittet sie in einen kleinen Besprechungsraum, ganz wichtig kommen sie sich vor. Er nimmt sich Zettel und Stift und notiert sich die Personalien seiner jungen Zeugen.

„So, Jungs, dann erzählt mal, immer schön der Reihe nach."

Thomas und Michael erzählen, haarklein beschreiben sie den Mann, sein Fahrrad und den Anhänger.

„Sein Gesicht konnten wir nie richtig sehen, da war eine Kapuze davor", erklärt Michael.

Als Thomas die Adresse in der Kleingartenkolonie angibt, strahlt der Polizist. „Das habt ihr gut gemacht. Beim nächsten Mal sagt uns aber bitte gleich Bescheid. Es kann sein, dass die Straftäter bewaffnet sind, oder dass ihr verprügelt werdet, wenn die Ganoven merken, dass ihr sie beobachtet."

Thomas muss widersprechen. „Wenn wir Ihnen sofort Bescheid gegeben hätten, wäre der Mann in aller Seelenruhe weggefahren, und wir hätten nie herausbekommen, wohin."

„Da hast Du wohl recht, aber gefährlich ist es schon."

„Kann ich noch etwas fragen?"

„Natürlich, mein Junge."

„Warum bricht der Mann am hellen Tag ein, wo ihn jeder sehen kann?"

„Tja, die Brüder werden immer frecher. Wahrscheinlich glaubte er, dass es so aussieht, als wohne er in dem Hausboot, oder sonst was. Wenn ich in die Köpfe der Kerle gucken könnte, würde ich bestimmt befördert werden." Er lacht mit dröhnender Stimme.

Schließlich lässt er seine Notizen von den beiden Jungen abzeichnen. „Sehr gut, ihr zwei. Wir werden gleich einen Streifenwagen in die Kleingartenkolonie schicken. Jetzt ist die Chance groß, dass wir den Dieb noch antreffen und seine Beute noch finden, bevor er sie zu Geld macht. Wir geben euch Bescheid, wenn wir ihn verhaftet haben."

In bester Laune verlassen die beiden das Gebäude an der Teichstraße. „Das müssen wir gleich Christine erzählen", sagt Thomas.

„Ja, die Arme, sie konnte gar nichts erleben, da wird sie stocksauer sein."

Zur Jahnstraße ist es nur ein kurzes Stück zu fahren. Sie finden Christine auf ihrem Beobachtungsposten, sie hat gerade das Buch zugeklappt und zur Seite gelegt.

„Christine, Du glaubst nicht, was uns passiert ist!" Michael kann sich kaum zurückhalten. Er und Thomas überschlagen sich fast bei der Erzählung.

„Ihr habt es gut. Bei mir ist immer noch nichts passiert. Ich gucke und gucke und niemand kommt."

„Das wird schon", sagt Thomas. „Ich würde sagen, wir setzen die Beobachtung noch drei Tage fort und hören dann damit auf. Wer weiß, vielleicht klauen die Diebe schon ganz etwas anderes in einer ganz anderen Gegend."

„Ja, das wird es wohl sein", Christine nickt traurig, sie ist ein wenig niedergeschlagen.

Zwei Tage später, die Sonne scheint mit unverminderter Kraft, einzelne Schönwetterwolken ziehen über einen tiefblauen Himmel.

Christine hat nun »Die drei ??? und das Gespensterschloss« fertig gelesen. Vorläufig mag sie nicht mehr lesen, sie hat sich von zu Hause ein Heft mit Rätseln mitgebracht. Jetzt stützt sie den Kopf in die Hände und brütet über einer schwierigen Rateaufgabe.

Doch was ist das? Hinter den tief hängenden Zweigen an der Schwinge ist eine Bewegung zu sehen. Hier kommt selten jemand vorbei, sodass jedes Boot auffällt. Christine legt das Heft und den Bleistift beiseite und erhebt sich leise. Sie pirscht sich an den kleinen Fluss heran und äugt durch die Zweige. Genau dahinter steht jemand im Wasser, er hält ein gelbes Ruderboot und fummelt mit einem Werkzeug an der Plakette mit der Nummer herum. Dann löst sich das Messingschildchen, der Mann nimmt es und wirft es ins

Wasser. »Plopp« macht es, dann ist das Eigentümerkennzeichen verschwunden.

Christine traut sich kaum zu atmen, ganz leise schleicht sie zurück zu ihrem Liegestuhl. Inzwischen ist der Mann wieder eingestiegen und einige Meter flussaufwärts gerudert. Er ist noch jung, vielleicht zwanzig, lange dunkle Haare fallen ihm über die Augen. Bekleidet ist er nur mit einer kurzen Hose, sein Oberkörper ist kräftig, ein schwarzer Pelz bedeckt seine Brust.

Christines Herz schlägt schnell. Sie zwingt sich zur Ruhe. Jetzt nur nichts verpatzen! Sie braucht ihr Fahrrad, es lehnt an einem Obstbaum, sie schiebt es zur Straße. Wo soll sie jetzt entlangfahren? Folgt sie dem Weg an der Bahn, verliert sie den Fluss aus den Augen. Sie entscheidet sich, mit dem Rad bis an das Ende der Horststraße zu fahren. Dort ist eine Brücke über den Fluss, da kann sie bestimmt den Ruderer wiederfinden. Außerdem kennt sie dort jeden Meter Weg, denn er führt fast direkt am Haus ihrer Eltern entlang. Sie radelt am Sportplatz vorbei, jetzt wird aus dem Kopfsteinpflaster ein Sandweg. Schließlich hält sie auf der schmalen Brücke und sieht scheinbar gelangweilt auf die Schwingewiesen hinaus. Ihr Augenmerk gilt aber dem gelben Ruderboot, das jetzt etwa einhundert Meter entfernt auf dem Fluss schwimmt. Der junge Mann rudert auf die Brücke zu, auf der sie steht. Davor, am Ende des befahrbaren Teiles der Horststraße, steht ein Personenwagen mit einem langen, einachsigen Anhänger. Der Hänger ist mit einer Plane bedeckt. Jetzt steigt ein Mann aus dem Auto und kommt zu ihr auf die Brücke. Christine klammert sich am Geländer der Bücke fest, sie fühlt sich, als würde ihr Herz gleich aussetzen. Nur nicht hingucken, sagt sie sich immer wieder, und starrt auf ihre Fingerknöchel, die ganz weiß geworden sind.

Doch der Mann hat kein Interesse an ihr. Er winkt dem Boot zu und ruft: „Hat alles geklappt?"

„Ja, keine Probleme", antwortet der Mann im Boot, als hätte er nur eine kleine Spritztour unternommen. Doch Christine weiß es besser: das Boot gehört dem Bootsverleih.

Der Mann geht von der Brücke ans Ufer und hebt mit seinem Kumpan das Boot aus dem Wasser. In Sekundenschnelle ist es auf dem Anhänger verstaut. Die Plane wird festgezurrt, dann ist von dem gelben Ruderboot nichts mehr zu sehen. Die Männer steigen ein und starten das Auto. Christine blickt wie nebenher hin und prägt sich das Nummernschild ein. Es kommt aus dem Landkreis Harburg, mit dieser Nummer wird die Polizei die Diebe bestimmt finden können. Ihr Herz klopft immer noch, als sie auf ihr Fahrrad steigt und zum Bootsverleih radelt. Dort will sie ihre Information zuerst loswerden und auf Thomas und Michael warten, denn die kommen auf jeden Fall vorbei.

Sie eilt zu Herrn Lietzmeyer, er soll das auf jeden Fall wissen, und kann seinen Chef informieren.

„Herbert, Herbert!", ruft sie schon von Weitem. „Herbert, ich habe jemanden gesehen!"

Herr Lietzmeyer schmunzelt. „Nun mal nicht so aufgeregt, junge Dame, ich laufe dir nicht weg."

Christine erzählt alle Einzelheiten ihrer Beobachtung, vor Aufregung bleibt ihr ab und zu die Sprache weg.

„Das ist doch Klasse, da wird sich der Chef freuen. Toll hast Du das gemacht, das hätte ich dir gar nicht zugetraut!"

Na, vielen Dank. Christine freut sich zwar über das Lob, aber den letzten Teil hätte er besser nicht gesagt. Nicht zugetraut! Warum nicht? Wahrscheinlich, weil sie ein Mädchen ist. Sie seufzt. In diesem Moment erscheinen Michael und Thomas auf der Bildfläche.

„Hallo, Christine!"

„Gut, dass ihr kommt. Ich habe jetzt auch etwas zu erzählen", setzt sie stolz hinzu.

Michael und Thomas machen große Augen, als sie von den Bootdieben erzählt. „Mann, Christine, das ist toll! Die elende Warterei hat sich also doch gelohnt!"

Aus dem Restaurant kommt Guido Barchetti mit langen Schritten zu ihnen. „Amici, was habe ich da gehört? Das ist ganz großartig!" Er sieht seine drei Detektive an. „Was haltet ihr von einem extra großen Eis?"

„Jaaa!" Das lassen sie sich nicht zweimal sagen. Sie setzen sich auf eine der Holzbänke im Freien und stöbern in der Eis-Karte.

„Da wird Herr Senftleben aber nicht schlecht staunen, dass wir den Auftrag lösen konnten", bemerkt Michael. „Guido Barchetti wird es seinem Freund ja bestimmt berichten."

„Ja, und außerdem haben wir vorgestern noch den Einbruch in dem Hausboot beobachtet", setzt Thomas hinzu.

„Ja, wir sind schon gute Detektive", setzt Christine stolz hinzu.

Sie stimmen ein kleines Freudengeheul an, denn gerade wird ihr Eis gebracht, genau im richtigen Moment.

Nach dem Eis-Essen fahren Christine, Thomas und Michael zur Polizei, die sie inzwischen im Schlaf finden. Dort ist man nicht wenig überrascht, dass die drei Jugendlichen das Kennzeichen des Diebesfahrzeuges notiert haben. Die Freude währt nur kurz. Die drei glauben zu wissen, was nun kommt, und richtig:

„Passt bloß auf, mit den Dieben ist oft nicht gut Kirschen essen!", schärft der Polizist ihnen ein. „Diesmal ist alles glattgegangen, aber das wird nicht immer so sein. Was sagen eure Eltern überhaupt zu eurem »Hobby«?

Darüber haben die drei überhaupt noch nicht nachgedacht.

Später, zu Hause beim Abendbrot, berichtet Christine stolz ihren Eltern von der Entdeckung der Bootsdiebe. Christian, ihr älterer Bruder, zieht die Augenbrauen hoch und blickt sie skeptisch an. „Ihr spielt Detektive?" Ihr Bruder glaubt immer, er hätte die Weisheit mit Löffeln gegessen, jetzt ist er allerdings ehrlich verblüfft.

„Spielen kann man nicht gerade sagen, wir sind ja erfolgreich gewesen", erwidert seine Schwester mit Nachdruck.

Ihre Mutter drückt ihre Hand. „Ich bin stolz auf dich, und freue mich mit dir, aber ungefährlich ist das nicht, mir ist nicht wohl dabei, dass ich auf der Arbeit bin und Du inzwischen Verbrecher jagst. Du musst mir versprechen, dass Du immer vorsichtig sein wirst."

„Ich kann mich deiner Mutter nur anschließen", ergänzt ihr Vater. „Es freut mich, dass euch das Detektiv spielen so viel Freude bereitet, ihr habt ja tatsächlich einige Gauner der Polizei zugeführt. Aber vergesst nicht, dass das Fangen der Diebe Aufgabe der Schutzmänner ist. Ihr solltet immer so früh wie möglich zu mir, oder meinen Kollegen kommen, wenn ihr etwas beobachtet habt."

„Ja, Papa", antwortet Christine artig. „Das werden wir machen, aber wir sind den Gaunern nie richtig nah gekommen, wir sind ja nicht blöd."

„Natürlich nicht, versprich mir, dass ihr vorsichtig seid, ja?"

Sie nimmt es sich auch fest vor, aber wenn man den Dieben auf den Fersen ist, kann man es im Eifer des Gefechts vergessen, das sagt sie aber lieber nicht.

„Willst Du später mal Kriminalkommissarin werden?", fragt der Vater seine Tochter mit einem Lächeln.

Die zuckt mit den Schultern. „Das wäre eine Möglichkeit, es ist aber zu früh, um das jetzt schon zu wissen."

Michael möchte auch gerne zu Hause von ihrem Abenteuer erzählen. Als sein drei Jahre jüngerer Bruder vom Spielen nach Hause kommt, muss der sich das jetzt anhören. Andreas ist beeindruckt, er bekommt leuchtende Augen, sein Bruder muss ihm die Geschichten immer wieder erzählen. „Kann ich bei euch nicht mitmachen?", fragt er ihn mit großen Augen.

Michael hat befürchtet, dass der Bruder fragen würde, aber das kommt nicht in Frage. Während eines Falles die Verantwortung für den Bruder zu haben? Nein danke.

Am liebsten würde er seinem Vater davon erzählen, aber der kommt heute spät nach Hause, dann hat er meistens keine Lust mehr, sich mit seinen beiden Söhnen zu befassen. Außerdem ist unklar, wie der Vater auf die Ambitionen seines Ältesten reagieren würde.

Im Hause Marek ist man stolz auf den einzigen Sprössling. Immer wieder muss Thomas Details erzählen, wird aber auch zur Vorsicht ermahnt. „Das ist kein Spiel, Thomas", sagt der Vater ernst. „Die Brüder kennen keinen Pardon, wenn man ihnen auf die Schliche kommt!" Dann: „Was habt ihr denn jetzt vor? Kriminalfälle kommen nicht oft vor, es kann sein, dass jetzt für lange Zeit, jedenfalls viel länger als die Sommerferien dauern, nichts mehr passiert."

Thomas zuckt mit den Schultern. „Dann ist das so. Dann machen wir das, was alle machen: Baden gehen, Fahrrad fahren, Fußball spielen. Vielleicht lasse ich mein Segelflugzeug wieder fliegen."

Der Vater nickt zufrieden. Sein Sohn wird auf keinen Fall Langeweile haben, das kennt er nicht von ihm.

Der Banküberfall

Zwei Wochen später sind die Sommerferien zur Hälfte vorbei. Immer wieder treffen sich die drei Freunde, liegen oft auf dem Rasen hinter dem Haus von Thomas' Eltern, und blicken in den Himmel.

„Was die Verbrecher jetzt wohl machen?", sinniert Christine.

„Leider machen sie gar nichts, es ist überall wie ausgestorben. Die Leute sind in Urlaub gefahren, die Straßen und Wege sind wie leer gefegt", antwortet Thomas.

„Wir sind immerhin nicht erfolglos gewesen, das soll erst mal jemand nachmachen", ergänzt Michael.

„Genau", setzt Thomas hinzu. „Was machen wir jetzt? Wir könnten mal mit dem Rad nach Twielenfleth fahren, die sollen ein tolles Freibad haben, was haltet ihr davon?"

Das scheint auch den anderen eine gute Idee zu sein. Sie beschließen, am nächsten Tag in das Freibad an der Elbe zu fahren, die sieben Kilometer sind mit ihren Fahrrädern eine Kleinigkeit.

Der Tag wird ein voller Erfolg, das Freibad liegt wunderschön an der Elbe, von der Liegewiese aus kann man die Schiffe auf dem Strom vorbeifahren sehen. Vom Besitzer des Restaurants mit dem Bootsverleih, Guido Barchetti, hat jeder der drei zwanzig Mark für die erfolgreiche Ergreifung der Bootsdiebe erhalten. Ein kleiner Teil des Geldes geht für Eintrittsgeld zum Freibad drauf, von zu Hause haben sie sich beschmierte Brote mitgenommen, sodass sie kein Geld für Essbares ausgeben müssen. Der größte Teil des Geldes ist – jedenfalls bei Christine – noch vorhanden.

„Ich zahle das Geld auf mein Konto bei der Volksbank ein. Ich wollte dort sowieso hin, mein Sparschwein ist inzwischen gut gemästet", erklärt Christine.

Sie ist die einzige von ihnen, die ein Konto hat. Thomas muss mal mit seinem Vater reden, der muss seine Zustimmung dazu geben. Er hatte ihn schon mal daraufhin angesprochen, doch der meinte, das hätte noch Zeit. Jetzt hätte er das Konto gut gebrauchen können!

Thomas sitzt auf der Bank am Brunnen des Pferdemarktes. Christine ist in der Bank, sie will, mitsamt dem Geld aus dem Sparschwein, fast vierzig Mark einzahlen. Irgendwie sind Mädchen sparsamer als Jungen, seine zwanzig Mark hat er schon fast ausgegeben. Sein Modellflugzeug brauchte eine neue Bespannung, da war das Geld fast weg.

Der Brunnen ist mit zwei bronzenen Plastiken ausgestattet, es ist der Fischer und der verwunschene Butt in Anlehnung an das Märchen »Der Fischer un sine Fru«. Das Wasser ist nicht ganz sauber, Zigarettenkippen schwimmen darin, außerdem hat jemand eine Plastiktüte hineingeworfen.

Thomas sieht sich um. Christine ist schon eine Weile in der Bank, was macht sie so lange? Außerdem sind sie mit Michael verabredet, der wollte mit dem Fahrrad kommen.

Ein Knall! Was war das? Wo kam der her? Sein detektivisches Ohr sagt ihm, dass er aus der Bank gekommen sein muss. Aus der Bank? Ein Schuss in der Bank? Christine!

Er springt auf und läuft zum Eingang. Gerade in dem Moment sieht er Michael auf seinem Fahrrad die kleine Straße neben der Bank, die Pferdestraße, herauf radeln.

Jetzt überschlagen sich die Ereignisse. Die Tür zur Bank springt auf, heraus stürzen drei Männer. Sie haben sich zur Maskierung Sturmhauben über die Gesichter gezogen. Zwei halten eine Waffe in der Hand, der Dritte trägt eine schwere Tasche über der Schulter. Sie laufen die Pferdestraße hinunter, Michael entgegen, der hat angehalten und sieht die drei Männer auf sich zukommen. Thomas läuft etwa zwanzig Schritte hinter den Dieben her, auf seinen Freund zu.

„Michael! Du kommst genau rechtzeitig. Kannst Du die Gauner verfolgen, soweit es geht? Wir müssen wissen, was sie jetzt machen! Wahrscheinlich werden sie in ein Auto steigen. Ich will zurück in die Bank, Christine ist da noch drin!"

Michael versteht sofort, er stellt keine Fragen, wendet das Rad und tritt mit Macht in die Pedale. Wenn es einer schafft, die Diebe zu verfolgen, dann ist er das.

Thomas dreht sich um und läuft zum Eingang der Bank zurück. Dort ist in den letzten Sekunden ein wildes Getümmel ausgebrochen. Menschen laufen durcheinander, sie rufen und schreien. „Die Polizei kommt!", hört er einen Mann rufen. In dem Gewühl verschafft er sich Zutritt zu der Bank, auf einen Jungen achtet jetzt niemand. Drinnen ist das Chaos perfekt. Papier liegt auf dem Boden, in der Decke der Halle sind zwei Löcher, weißer Putz ist auf den Boden gerieselt. Hinter dem Schalter liegen zwei Stühle am Boden.

Christine steht davor und hält ihre Spardose in der Hand, blass sieht sie aus. Als sie Thomas erkennt, lächelt sie. „Ich habe mir gedacht, dass Du herkommst." Sie flüstert leise. „Ich hab' alles genau mitbekommen, ich muss euch das unbedingt erzählen." Dann flüstert sie noch leiser in Thomas' Ohr: „Der eine der Gauner hat eine Tätowierung am Handgelenk."

„Ey, toll!" In Thomas' Kopf jagen die Gedanken kreuz und quer, das ist jetzt ein Fall für einen richtigen Detektiv. Sie werden alles, was sie gesehen haben, wie versprochen, an die Polizei weitergeben, aber eigene Ermittlungen könnten nicht schaden.

Die Tür geht auf, drei Polizisten kommen herein. „Keiner verlässt den Raum! Wir benötigen ihre Personalien, Sie können erst gehen, wenn wir Namen und Adresse notiert haben. Bleiben Sie bitte an dem Platz stehen, den Sie während des Überfalles innehatten."

Durch die Fenster sieht Thomas draußen zwei Fahrzeuge vorfahren, das wird die Kriminalpolizei und die Spurensicherung sein.

Und richtig, ein Mann in einem hellen Blazer und ein paar Begleiter kommen herein, der Anführer wirft einen Blick auf das Durcheinander. Neben ihm steht der Kollege von der Spurensicherung. Der Kommissar spricht mit ihm, der Mann nickt und dreht sich zu einem weiteren Mann um. Der hat eine große Tasche bei sich, aus der er jetzt Pinsel, Klebefolien und mehrere kleine Gefäße heraushohlt.

Zu Christine kommt ein Polizist, der einen Notizblock in der Hand hat und ihren Namen und die Adresse notiert. „Geht es dir gut? Du bist ziemlich blass, soll ich einen Sanitäter holen? Oder Deine Eltern anrufen?"

Das fehlte noch! „Nein, nein, mir geht es gut, danke", versichert Christine hastig.

Die Stimme des Kommissars tönt laut durch den Kassenraum. „Tragen Sie bitte von jedem Zeugen den genauen Standort in den Plan ein, den ich gleich hereinholen werde."

Der Polizist mit dem Notizblock wendet sich jetzt an Thomas. „Wie heißt Du, mein Junge?"

„Äh, ich heiße Thomas Marek. Ich bin aber nicht während des Überfalls hier gewesen, ich habe den Raub von draußen beobachtet und bin dann erst hereingekommen."

Der Polizist nickt. „Das ist ebenso wichtig. Geh bitte zum Kommissar, damit der sich deine Aussage anhört und deine erste Position in einen Plan einträgt, es ist der Mann mit der hellen Jacke."

Thomas sieht sich die Arbeit der Spurensicherung genau an. Mit einem Pinsel wird ein schwarzes Pulver verstäubt, auf allen Griffen, an der Kante des Tresens, an der Ausgabe der Kasse. Dann wird eine Klebefolie darübergelegt und sanft wieder abgezogen. Als letzter Schritt wird die Folie mit den Fingerabdrücken auf weißes Papier geklebt.

Der Kommissar sieht den Polizisten an. „Haben Sie alle Namen notiert?"

Der Mann in der grünen Uniform nickt.

„Gut, danke." Dann hebt der Kommissar die Stimme. „Alle Personen werden gebeten, die Bank jetzt zu verlassen, damit Sie unsere Arbeit nicht behindern! Wir danken Ihnen für Ihre Geduld."

Christine greift nach Thomas' Hand, der immer noch fasziniert die Arbeit der Kriminaltechniker bestaunt. „Komm, Thomas, wir sind auch gemeint."

Nur widerwillig löst Thomas seine Blicke von der Tätigkeit der Spurensicherer. Er wäre gerne noch geblieben, er weiß aber, dass er jetzt nicht im Weg stehen sollte und vielleicht sogar Spuren zerstören könnte.

Draußen setzt er sich mit Christine auf die Bank am Brunnen. Mittlerweile stehen mehrere Polizeifahrzeuge vor der

Volksbank, ein rot-weißes Flatterband mit dem Aufdruck »Polizeiabsperrung« riegelt den Bereich weiträumig ab.

Aus der kleinen Straße neben der Bank kommt ein Radfahrer, es ist Michael. Thomas springt auf, schwenkt einen Arm. „Michael! Hier sind wir!"

Der bemerkt seine Freunde und lenkt das Fahrrad zum Brunnen. „Hallo", sagt er atemlos, und lässt sich auf die Bank fallen, „das ist ja ein Ding!"

Thomas nickt, das kannst Du laut sagen. „Am besten, wir dröseln die Sache von vorne auf", er sieht Christine an. „Bei dir hat es angefangen, erzähl' Du zuerst."

Christine besinnt sich einen Moment und beginnt. „Ich betrat die Bank und ging zum Schalter, dort holte ich mein Sparschwein und mein Portemonnaie heraus, und legte beides darauf. Genau in dem Moment wurde die Tür geöffnet und drei Männer kamen herein. Sie gingen zum Geldautomaten, deshalb habe ich nicht weiter hingesehen. Dann aber haben sie sich die Sturmhauben übergezogen und sind zum Kassenraum rübergekommen."

„Kannst Du die drei beschreiben?", fragt Thomas.

Christine nickt. „Sie waren alle drei schlank, einer war groß, vielleicht 1,85 Meter, die beiden anderen waren mittelgroß, so zwischen 1,70 und 1,75 Meter. Von den Gesichtern war nichts zu sehen, sie hatten ja die Sturmhauben darüber gezogen."

„War irgendetwas zu erkennen, Augenfarbe, Bart, oder so?" Thomas lässt nicht locker.

„Nein, einen Bart habe ich nicht bemerkt, schon wegen der Sturmhauben, aber einer von den dreien trug unter der Sturmhaube eine Brille, es war der mit der braunen Hose. Der mit dem grünen Pullover hatte hellblaue Augen, das war auffällig." Sie macht eine kurze Pause. „Ja, richtig, der andere, also der mit der braunen Hose, hatte am Handgelenk eine Tätowierung."

„Wie sah die aus?", will Michael wissen. Er möchte zwar unbedingt *seine* Geschichte loswerden, will aber auch wissen, was Christine erlebt hat.

„Das war eine Spinne oder so ähnlich, vielleicht auch ein Skorpion."

„Wie ging es dann weiter?", fragt Thomas.

„Einer trug eine Tasche, die legte er neben meine Spardose auf den Schalter. Zwei der Männer hatten eine Waffe in der Hand. Der Größte der drei rief laut: „Das ist ein Überfall, keiner rührt sich von der Stelle!" Dann schoss er in die Decke, vermutlich, um die Kunden und die Bankangestellten einzuschüchtern. Zwei Kundinnen schrien auf, sonst herrschte völlige Stille. Dann rief wieder der Anführer: „Wer von Euch ist der Filialleiter? Wir wollen ganz schnell unsere Tasche mit Geld gefüllt haben! Wenn keiner muckt, wird niemandem etwas passieren!" Es meldete sich einer der vier Angestellten, zaghaft hob er seinen Arm. Der Anführer sah den mit der braunen Hose an. „Du nimmst dir den Heini hier mit, lass dir den Safe aufmachen und steck alle Scheine ein. Und beeil dich, wir wollen in fünf Minuten wieder draußen sein." Dann rief er allen Angestellten zu, sich vor dem Schalter aufzustellen. „Damit mir keiner auf dumme Gedanken kommt!" Dabei fuchtelte er mit seiner Pistole vor ihnen herum, um ihnen Angst zu machen."

„Wie ging es dann zu Ende?", fragt Thomas.

„Mit einem Mal ging alles ganz schnell. Der Filialleiter und der mit der braunen Hose kamen aus dem Keller, in dem offenbar der Safe war. Der Gauner nickte dem Anführer zu, mit einer Hand hielt er die Tasche mit dem Geld hoch und rief: „Alles klar, das hat sich gelohnt!" Dann schoss der

Anführer noch einmal in die Decke. „Das ihr mir noch wartet, es ist noch nicht vorbei!" Das war natürlich nur Gerede, um sich einen Vorsprung zu verschaffen. Die Diebe liefen nach draußen, dann war es zu Ende. Als später zwei Personen von der Straße hereinkamen, da wusste ich, dass wir keine Angst mehr haben mussten."

„Hattest Du denn Angst?", will Michael wissen.

„Doch, ein bisschen schon, aber was sollte mir schon passieren? Für ein Mädchen interessieren sich die Verbrecher nicht, das ist kein ernst zu nehmender Gegner."

„Sag das nicht! Die Gangster hätten dich als Geisel nehmen können! Dafür werden gerne Mädchen genommen."

„Ich bin beeindruckt, wie genau Du dir alles gemerkt hast, vor allem in dieser Situation." Thomas sieht seinen Freund Michael an. „Jetzt bist Du dran. Ich sehe doch, dass Du es kaum erwarten kannst."

Michael grinst. „Das stimmt, obwohl ich nicht so viel zu erzählen habe."

„Na los, fang schon an. Wir wollen wissen, wo die Kerle geblieben sind."

„Okay, das war so. Die drei liefen die Pferdestraße hinunter, die ist ja nur kurz. In der angrenzenden Straße hatten sie einen Wagen stehen, einen alten Ford Escort, so einen hässlichen, bronzefarbenen. Die Tasche haben sie in den Kofferraum gelegt, der mit der braunen Hose setzte sich ans Steuer, der mit dem grünen Pullover ist hinten eingestiegen, der Große auf den Beifahrersitz. Sie starteten den Wagen und fuhren die Wallstraße entlang Richtung Bahnhof, über die Brücke hinüber und dann in die Harsefelder Straße hinein. Solange überall Ampeln waren, an denen sie mal halten mussten, bin ich gut mitgekommen. Dann, in der Harsefelder Straße, habe ich sie verloren, sie wurden immer schneller, da konnte ich nicht mithalten. Verbrecher mit dem Fahrrad zu verfolgen ist echt das Letzte."

„Ach komm schon, das ist doch super gelaufen! Das soll erst mal jemand nachmachen", tröstet Christine den Freund.

Michael lächelt und zieht einen Zettel aus der Hosentasche. Der ist etwas zerknittert, er hebt ihn triumphierend hoch. „Ich habe mir die Nummer aufgeschrieben, das Auto kommt aus Bremen, HB-DX-720. Den Wagen würde ich sofort wiedererkennen, er hat mehrere kleine Beulen, am Kotflügel hinten links hat er eine rote Schramme."

„Du bist der Größte, das Autokennzeichen! Gehen wir jetzt damit zur Polizei?", möchte Christine wissen.

„Wir werden sowieso noch befragt, dann können wir erzählen, was wir wissen", meint Thomas. „Wirklich tolle Leistung, ihr Zwei."

Schon am selben Nachmittag, versucht ein Polizist im Hause Hansen jemanden zu erreichen. Christine ist nicht zu Hause, auch ihre Eltern nicht. Der Vater arbeitet als Kriminalkommissar bei der Polizeiinspektion Stade, ihre Mutter ist Verkäuferin für Damenoberbekleidung im Kaufhaus Hertie an der Stockhausstraße.

Der Polizist sieht in sein Notizbuch, der nächste Zeuge, ein Thomas Marek, wohnt in der Jahnstraße, er wird es da versuchen.

Dort hat er Erfolg. Die Eltern von Thomas sind zwar auch berufstätig, dafür sind die Kinder im Garten. Der Junge, zu dem er wollte, Thomas Marek, ist einer von ihnen. Auch das Mädchen, Christine Hansen, die er vorhin nicht erreichen konnte, ist erfreulicherweise hier.

„Setzen Sie sich doch zu uns in den Garten, Herr Polizeimeister", fordert Thomas den Schutzmann auf. „Vielleicht eine Limonade?"

Der nimmt den Vorschlag gerne an und schlägt sein Notizbuch auf. „Ich bin hier, um euch zu dem Überfall auf die Volksbank in Stade am Pferdemarkt zu befragen." Seine grüne Jacke hat er über die Lehne des Gartenstuhles gehängt. Es ist wieder sehr warm heute, wie schon die letzten zwei Wochen. Er ist noch ein junger Mann, vielleicht Ende zwanzig, groß und wirkt sportlich. Er blickt Christine an. „Du, junge Frau, bist während des Überfalles in der Bank gewesen, ist das richtig?"

Christine nickt eifrig. Sie hat ihre Beobachtungen immer wieder vor ihrem inneren Auge ablaufen lassen, ganz genau und mit vielen Details gibt sie ihre Erinnerung wieder.

„Mein Mädchen, da hast Du aber sehr genau aufgepasst, von so einer Zeugenaussage träumt jeder Polizist. Kannst Du mal versuchen, die Tätowierung zu zeichnen?"

„Äh, das ist nicht so einfach, ich habe das Zeichen nicht ganz gesehen. Es war in Schwarz und hatte Beine wie eine Spinne."

Der Polizist schreibt auch das auf. Dann sieht er Thomas an. „Du bist während des Überfalls vor der Bank gewesen?"

„Ja, ich habe auf der Bank am Brunnen gesessen und auf Christine gewartet." Ausführlich beschreibt Thomas seine Version des Überfalles. „Ich habe nicht gesehen, wie die Diebe in die Bank gekommen sind."

Der Polizist schmunzelt. „Das konntest Du auch nicht sehen. Wir wissen inzwischen, dass die Gauner einzeln in die Bank gekommen sind, und sich erst drinnen gleichzeitig die Sturmhaube übergezogen haben, deine Freundin hier", er lächelt Christine an, „hat es ja eben bestätigt."

„Weiß man denn schon, wie viel Geld gestohlen worden ist?", möchte Michael jetzt wissen.

Der Polizist schmunzelt. „Das kann ich mir vorstellen, dass euch das interessiert. Wir wissen es selbst noch nicht genau, es hat sich auf jeden Fall für die Gauner gelohnt." Er sieht Michael an. „Hast Du auch etwas beobachtet? Unter den Zeugen, die ich befragen soll, bist Du nicht mit aufgeführt."

Michael nickt, jetzt kann er endlich auch etwas zu der Geschichte beitragen. „Ich heiße Michael Heinze, ich bin während des Überfalls in der Nähe gewesen. Die Diebe sind mir entgegengekommen und ich habe sie mit meinem Fahrrad so weit wie möglich verfolgt."

„Du hast *was*?" Der Polizist sieht den Jungen entgeistert an.

„Ach, das war nicht schwierig", sagt Michael lässig. „Ich bin ihnen bis zur Harsefelder Straße gefolgt, dann habe ich sie verloren." Michael freut sich über die Verblüffung des Polizisten. „Ich kann ihnen das Auto beschreiben, auch die Nummer weiß ich."

„Na weißt Du! Sieh dich bloß vor, wenn die Ganoven merken, dass sie gesehen worden sind, können sie sehr unangenehm werden."

„Das wissen wir", sagt Thomas an Michaels Stelle, „wir werden schon vorsichtig sein."

„Das hoffe ich sehr! Na, dann lass mal hören. Solche Zeugen wie ihr sind für die Polizei Gold wert, das muss ich zugeben. Ihr seid ja richtige Detektive!"

Die drei strahlen über das Lob. Michael beschreibt das Auto und gibt dem Polizisten das Autokennzeichen mit.

„Oft sind diese Nummern oder gleich das ganze Auto gestohlen, dann wird das nicht viel helfen. Aber wir werden sehen, wie weit wir kommen." Er steht auf und steckt sein

Büchlein ein. „Vielen Dank für Eure Hilfe, das war großartig. Macht's gut, ihr Drei." Damit geht der Beamte zu seinem Auto zurück.

„Werden wir morgen in der Zeitung stehen?", fragt sich Michael.

„Hm, wohl eher nicht. Der Überfall steht garantiert drin, bestimmt auf der ersten Seite. Aber wer interessiert sich schon für uns", setzt Thomas betrübt hinzu. Er sieht Christine an. „Du wärst doch etwas für ein Bild in der Zeitung. Ist schon jemand bei euch gewesen, um dich um ein Foto zu bitten?"

„Äh, nein. Bei uns ist keiner zu Hause, selbst wenn einer an der Tür war, hätte ich es nicht erfahren." Sie schüttelt den Kopf. „Ach was, was soll das? Wer will schon in der Zeitung stehen."

Thomas fällt plötzlich etwas ein: „In der Zeitung? Das fehlte noch! Der Polizist eben hat doch gesagt, dass die Banditen auf keinen Fall erfahren dürfen, wer sie verfolgt hat! Na, das würde was geben!"

„Mensch!", sagt Michael, „Natürlich! Das darf keiner wissen!"

„Ich möchte gerne wissen, wie viel Geld geraubt worden ist." Thomas lässt der Überfall keine Ruhe. „Ob dein Vater vielleicht Bescheid weiß?", wendet er sich an Christine.

„Ich werde ihn fragen, glaube aber nicht, dass er es mir sagt, selbst wenn er wissen sollte, wie viel die Gangster erbeutet haben. Er darf nichts Dienstliches weitergeben. Außerdem ist er bei der Mordkommission, die haben mit dem Überfall wahrscheinlich gar nichts zu tun."

„Ja, das befürchte ich auch. Solche Einzelheiten sagt man uns nicht, die findet man höchstens in der Zeitung."

„Ja, wir müssen uns gleich morgen unbedingt die Zeitung kaufen!", platzt es aus Michael heraus.

In Thomas Kopf entstehen bereits erste Pläne. „Ja, wir sammeln alles, was wir darüber finden. Ich werde mir noch heute Abend eine Mappe anlegen, wo ich alles hineinschreibe, was wir inzwischen wissen." In seiner Fantasie malt er sich schon aus, dass sie die Bankräuber gestellt haben, Reporter und Fotografen stehen um sie herum, und bedrängen sie mit Fragen über ihre erfolgreiche Detektivarbeit.

Abendessen bei der Familie Hansen. Christine, ihr Bruder Christian, der Vater und die Mutter haben sich um den Esstisch versammelt. Christine schmiert sich gerade die erste Scheibe Brot, als ihr Vater sie anblickt.

„Ich habe heute gehört, dass einige Jugendliche sich durch ihre Aussagen zu dem Überfall auf die Volksbank besonders hervorgetan haben. Wer das wohl war? Hast Du vielleicht eine Ahnung?" Er lächelt sie wohlwollend mit seinen blauen Augen an. Einem Blau, das sich in den Augen seiner Tochter wiederfindet.

„Ja, das waren wir. Ich bin während des Überfalls zufällig in der Bank gewesen, ich habe alles mit angesehen."

„*Wo* bist Du gewesen?" Ihre Mutter sieht sie entgeistert an.

„Ich kann nichts dafür, Mama, wirklich! Ich wollte nur mein Gespartes auf mein Konto einzahlen. Ich habe auch keine Angst gehabt."

Ihre Mutter schüttelt den Kopf. „Christine, pass bloß auf dich auf. Ich möchte mich nicht immer sorgen müssen, wenn Du nicht zu Hause bist."

„Dem kann ich nur zustimmen", bestätigt ihr Vater. „Mit solchen Verbrechern ist nicht zu spaßen. Es ist auch möglich, dass Du als Unbeteiligte etwas abbekommst, da machen die Gauner keinen Unterschied. Und wenn die erst merken, dass Du oder die Jungs gegen sie ausgesagt haben - na, ich danke."

Er blickt seine Frau an. „Vor zwanzig Jahren habe ich eure Mutter aus der Hand von Verbrechern gerettet. Ich möchte das nicht bei meinen Kindern wiederholen müssen."

„Das klingt ja spannend", mischt sich jetzt sein Sohn ein. „Erzähl doch mehr davon", er lacht seinen Vater an. „Und anschließend habt ihr geheiratet, oder?"

„Ja, so ungefähr", bestätigt die Mutter, der das Thema irgendwie unangenehm zu sein scheint. „Die Geschichte ist aber nicht zum Erzählen geeignet. Lass lieber deine Schwester von ihrem Abenteuer berichten."

Mit glänzenden Augen erzählt Christine von dem Erlebnis, jede Einzelheit wird von ihr beschrieben.

„Hast Du das auch so der Polizei erzählt?", möchte ihr Vater wissen.

„Ja, ganz genau, ich habe nichts ausgelassen."

„Das ist gut, das wird meinen Kollegen helfen."

„Aber in die Zeitung kommen wir trotzdem nicht", sagt Christine mit einem Grinsen. „So wichtig war unsere Hilfe dann wohl doch nicht."

„In die Zeitung?" Ihr Vater verschluckt sich beinahe an seinem Tee. „In die Zeitung? Damit die Banditen wissen, wem sie zu verdanken haben, dass die Polizei ihnen auf den Fersen ist? Das wird hoffentlich nicht passieren."

Thomas Marek gibt beim Abendbrot ebenfalls seine Version zum Besten. Seine Eltern haben auch von dem Überfall gehört, inzwischen weiß wahrscheinlich jeder Stader Bürger davon.

Seine Mutter drückt seine Hand. „Das ist gut, dass ihr der Polizei helfen konntet. Ich bin aber sehr froh, dass euch nichts passiert ist. Versprich mir, dass Du immer auf dich aufpassen wirst!"

„Ja, Mama." Thomas meint es in diesem Moment ehrlich, obwohl ihm das ständige Ermahnen langsam auf die Nerven geht, er ist ja nicht dämlich! Und was ist, wenn die Situation es gerade unmöglich macht, vorsichtig zu sein? Wenn man den Gaunern auf der Spur ist, jeden Moment bereit, ihnen die Handschellen anzulegen? Hinter der Lösung eines Falles muss die persönliche Sicherheit zurücktreten. Er sieht sich, wie schon oft, mit dem Fingerabdruckpulver und einem Vergrößerungsglas Gauner zur Strecke bringen.

Heute Abend ist Michaels Vater zum Abendessen zu Hause, einer der seltenen Gelegenheiten, an denen die kleine Familie, bestehend aus Michael, seinem Bruder Andreas und dem Vater, beisammensitzt.

„Habt ihr schon von dem Überfall auf die Volksbank gehört?", beginnt Michael vorsichtig.

„Ja, beim Schichtwechsel hat es jemand von der Spätschicht erzählt. Was weißt Du darüber?"

„Ich bin mit meinen Freunden zufällig dabei gewesen."

„Was heißt das, »dabei gewesen«?"

„Na ja. Thomas hat vor der Bank am Brunnen gesessen, ich kam gerade mit dem Fahrrad dazu und Christine war sogar während des Überfalles in der Bank! Die Polizisten haben hinterher unsere Aussagen aufgenommen, und ich habe sogar gesehen, wohin die Diebe gefahren sind und…" Er sieht in das verärgerte Gesicht seines Vaters, und schweigt.

„Das wird ja immer besser! Ich will nicht, dass Du dich in die Belange der Polizei einmischst. Das ist deren Aufgabe, die können es auch viel besser und werden dafür bezahlt."

Die Reaktion seines Vaters ist für Michael wie ein Schlag ins Gesicht mit einem nassen Lappen. Dabei hatte er noch von seiner Verfolgung der Diebe erzählen wollen, aber dazu ist ihm jetzt die Lust vergangen.

Später, nach dem Abendbrot, erzählt er seinem kleinen Bruder die Geschichte, der ist ein dankbarer Zuhörer. Mit leuchtenden Augen hängt er an den Lippen seines großen Bruders.

„Warte nur, bis Du etwas älter bist, dann kannst Du bei uns mitmachen", tröstet er Andreas.

„Das sagst Du immer, aber nichts passiert."

„Ein paar Jahre wird es noch dauern, das ist leider so."

Der Zirkus kommt

Seit zwei Wochen sind an vielen Laternen und Bäumen Plakate befestigt. „Zirkus Gawino" steht in großen, gelben Buchstaben auf rotem Untergrund. Eines Tages stehen unsere drei Freunde vor einem Plakat an einer Laterne in der Dankersstraße.

„Ich bin noch nie in einem Zirkus gewesen", bekennt Michael.

Es stellt sich heraus, dass noch niemand von ihnen in einem Zirkus gewesen ist.

„Wir sollten unsere Eltern fragen, ob wir hindürfen", schlägt Christine vor.

„Auf jeden Fall. Der Zirkus baut in Stade-Campe sein Zelt auf, da kommen wir leicht hin", ergänzt Thomas. Er sieht seinen Freund an. „Was ist mit dir, was wird dein Vater dazu sagen?"

Michael zuckt mit den Schultern, seine Freunde wissen, dass Geld im Hause Heinze knapp ist, Taschengeld gibt es nur unregelmäßig.

„Wir können ja fragen, ob wir beim Zirkus mithelfen können, Tiere füttern, oder so", schlägt Christine vor. „Dann können wir die Karten vielleicht günstiger bekommen."

„Das ist gut!", stimmen die Jungs gleichzeitig zu. „Was dir immer so einfällt!"

Christine zeigt auf den Text am unteren Ende des Plakates. „Hier, da steht es. Am Samstag, den 10. August ist die erste Vorstellung. Wir fahren schon vorher hin und gucken, ob es etwas für uns zu tun gibt."

Schon am nächsten Tag radeln sie zum Festplatz an der Harburger Straße. Auf dem großen, freien Gelände hat vor zwanzig Jahren die Stader Saline gestanden. Jetzt ist nichts mehr zu sehen, der Platz ist leer. Das Summen von vielen Insekten, die im Gestrüpp am Rande der Freifläche viele Blüten finden, dringt leise zu ihnen. Die Sonne scheint mit aller Macht und malt harte Schatten auf den sandigen Boden.

Michael steht mit seiner Zwille vor einem rostigen Zaun, der die Reste der alten Salinengebäude umgibt. Er zielt aus zwanzig Schritt Entfernung auf ein Verbotsschild, dass mit schwarzer Schrift auf gelbem Grund darauf hinweist, dass Eltern für ihre Kinder haften. Diese Schilder kann er besonders gut leiden. »Kläng«!, macht es, wieder ein Treffer. Er bückt sich, um einen weiteren geeigneten Stein zu suchen, da tönt ein Brummen zu ihnen herüber, es klingt wie Donnergrollen, man spürt förmlich den Boden vibrieren.

Eine schwere Zugmaschine biegt auf den Festplatz ein, sie ist weiß mit senkrechten, schwarzen Streifen und erinnert irgendwie an ein Zebra. Sie zieht zwei Wagen aus Holz, deren Wände weiß, die Dächer rot gestrichen sind. Langsam fährt die schwere Maschine an das Ende der großen Wiese, ihr folgt ein weiteres Gefährt und noch eines.

Christine, Thomas und Michael stehen am Rand und haben alles vergessen, was sie eventuell sagen wollten. Mit offenen Mündern und weit aufgerissenen Augen verfolgen sie das Schauspiel. Am Ende sind es etwa ein Dutzend Lastwagengespanne, die auf dem Gelände stehen.

Männer sind aus den Fahrzeugen gesprungen und dirigieren die schwerfälligen Fahrzeuge in ihre endgültige Parkposition. Die Wagen sind abgehängt worden und werden jetzt mit Hilfe von Einweisern zu einer Art Wagenburg zusammengestellt. Ein kleines Fahrzeug, ähnlich einem Gabelstapler, schiebt sie hin und her, bis sie ihren endgültigen Platz gefunden haben.

Es sind etwa vierzig Arbeiter, die jetzt zweimal zwei Paare Gittermasten aufstellen, sie sind etwa zwanzig Meter hoch. Zwei zusammengefaltete Stoffberge werden daran hochgezogen und entfalten sich zu einem großen, ovalförmigen Zelt.

Stangen werden darunter geschoben, Gestelle werden in das Zelt getragen, die mit Hilfe von Brettern und Bänken die Tribüne bilden.

„Habt ihr schon mal auf die Uhr gesehen?", meldet sich Christine.

„Meine Güte!", entfährt es Thomas. „Nun aber schnell, sonst schicken meine Eltern einen Suchtrupp los!" Er blickt seinen Freund an. „Was ist mit dir, Du musst dich doch um deinen Bruder kümmern, oder?"

Michael nickt. „Ja, Andreas wartet bestimmt schon. Mein Vater hat Spätschicht, der vermisst mich sowieso nicht", setzt er mit einer Mischung aus Trotz und Trauer hinzu.

„Dann lasst uns schnell nach Hause fahren, bevor noch jemand Ärger bekommt", sagt Christine.

„Ja, und anschließend kommen wir wieder hierher", schlägt Thomas vor.

„Ja! Bis nachher!", rufen die beiden anderen und schwingen sich auf ihre Fahrräder.

Zwei Stunden später trifft Thomas als Erster auf dem ehemaligen Salinengelände ein. Das Zelt ist fertig, gerade wird ein Wagen mit der Aufschrift »Kasse« vor den Eingang gefahren. Leise brummt der Motor der kleinen Zugmaschine. Immer darauf bedacht, nicht aufzufallen oder gar im Weg zu stehen, sieht er sich um. In der Zwischenzeit sind zwei Gehege aufgestellt worden, in denen sich jeweils zehn Pferde und acht Zebras tummeln.

„Huhu, Thomas!" Es ist Christine, sie steigt von ihrem Fahrrad ab und stellt es auf den Ständer. „Gibt es etwas Neues?"

„Das kann man wohl sagen, hier passiert jede Minute etwas."

Plötzlich dringt von einem der rot-weißen Wagen das Gebrüll eines Raubtieres zu ihnen. Christine greift erschrocken nach Thomas' Arm. „Hast Du das gehört? Da bekommt man es mit der Angst."

Allerdings. Thomas ist ebenfalls erschrocken, aber zugeben würde er das natürlich nie.

„Was macht ihr denn hier?" Ein kleiner Junge, jedenfalls etwas kleiner als sie beide, steht vor ihnen, er mag vielleicht 12 Jahre alt sein. Das Bemerkenswerteste ist ein kleiner Affe, den er an Halsband und Leine mit sich führt.

„Äh, wir wollten nur mal gucken", erwidert Thomas.

Christine ist sofort in den Affen vernarrt. Er hat ein fast vollständig weißes Gesicht mit Augen in dunklen Höhlen, das Fell ist grau und weiß. Er ist etwa halb so groß wie der Junge, der ihn führt. Sie ergreift die Initiative und stellt sie beide vor. „Das ist Thomas, ich bin Christine." Sie streckt dem Jungen die Hand hin.

Der ergreift sie. „Ich bin Alfred Gawino." Er zieht den Affen an der Leine zu sich heran und fährt fort. „Das ist Kaspar, er ist ein Kapuzineraffe und gehört meinem Vater."

„Gehört deinem Vater der Zirkus?", fragt Thomas.

Der Junge nickt. „Ja, das stimmt. Mein Vater ist der Zirkusdirektor." Er sagt es nicht ohne Stolz. „Und ich bin der Gehilfe des Clowns, der ist mein Onkel. Und wenn ich groß bin, will ich auch Tiger dressieren, so wie mein Vater", fügt er ebenso stolz hinzu.

„Hallo, was macht ihr denn hier?" Es ist Michael, er sitzt auf seinem Fahrrad, mit einem Fuß am Boden. „Ich suche euch schon eine Weile."

„Hey, gut, dass Du noch kommen konntest", freut sich Thomas, dann stellt er ihre neue Bekanntschaft vor. Alfred Gawino strahlt seinen neuen Besucher an, der Affe Kaspar springt auf seine Schulter und hält sich mit seiner kleinen Hand an seinem Kopf fest.

„Können wir ein bisschen zugucken?", möchte Christine wissen.

„Ja, ihr dürft nur nicht im Weg stehen. Die Arbeiter haben viel zu tun, da werdet ihr leicht mal übersehen und kommt noch unter die Räder." Es klingt so, als hätte der Sohn des Zirkusdirektors diese Warnung selbst schon oft gehört.

Sie erfahren von Alfred, dass es morgen bereits die ersten Vorstellungen gibt, eine kurz nach Mittag, die zweite am frühen Abend. Das Zelt soll heute noch fix und fertig werden, komplett mit Bestuhlung und Manege. Morgen wird die Bühne für die Kapelle aufgebaut und die tägliche stattfindende

Dressur der Tiere durchgeführt, sowie für die Kunststücke trainiert.

„Ich muss dann auch mitmachen. Mein Onkel turnt mit meiner Mutter am Trapez, dann habe ich Pause. Er ist nämlich auch der Clown, und da muss ich mitmachen."

„Macht Kaspar auch etwas?", fragt Christine mit Blick zu dem Affen.

„Klar! Er sitzt auf einem Pferd und ich laufe nebenher." Alfred macht eine Pause und blickt seine neuen Freunde an. „Am besten ist es, ihr kommt zur Vorstellung, dann könnt ihr mir und Kaspar zusehen. Ich schlage vor, ihr kommt morgen Mittag, dann ist es meistens nicht ganz voll und meine Oma drückt bei den Preisen vielleicht ein Auge zu."

„Deine Oma?"

„Ja, sie kümmert sich um das Essen und sitzt an der Kasse. Ich sage, dass ihr meine Freunde seid, dann lässt sie euch vielleicht günstiger hinein."

„Mein Gott, ist das spät!", entfährt es Christine, als sie einen Blick auf ihre Uhr wirft. „Ich muss nach Hause!"

Die Zeit ist viel zu schnell vergangen, auch Thomas und Michael müssen aufbrechen. „Kommen wir morgen wieder her?", möchte Thomas wissen.

„Klar!", erwidert Michael. „Gleich nach dem Frühstück." Er sieht Thomas und Christine an. „Oder was schlagt ihr vor?"

„Wir sollten kommen, wenn auch Alfred Zeit hat", schlägt Christine vor. Sie blickt zu dem kleinen Jungen. „Wann passt es dir denn morgen?"

„Ich muss mit meinem Onkel für die Clown-Nummer üben. Ihr könnt kommen und zusehen, wenn ihr wollt. Das geht um acht Uhr los, vorher muss ich helfen, die Pferde und Zebras zu füttern."

„Okay, wollen wir uns morgen um halb neun wieder hier treffen?"

Der Vorschlag findet allgemeine Zustimmung, vergnügt radeln die drei Freunde nach Hause.

Der nächste Morgen beginnt ebenso schön, wie schon die Tage vorher. Über den Wiesen an der Schwinge liegt eine dünne Decke aus Nebel. Thomas löffelt rasch seinen Teller Cornflakes mit Milch leer und bricht dann auf. Inzwischen hat sich der Nebel aufgelöst. Als er an der Festwiese eintrifft, ist Christine schon da.

Sie scheint gerade angekommen zu sein, sie winkt, als sie ihn erkennt. „Hallo, Thomas! Hier bin ich!"

„Hast Du Alfred schon gesehen?"

„Nein, bisher nicht, wir sollten mal sehen, ob wir in das Zelt kommen können, Alfred hat gestern gesagt, dass er ab acht Uhr trainiert."

„Ist wohl besser, wir fragen jemanden, ob wir ins Zelt dürfen, wenn wir einfach hier rumlaufen, kriegt Alfred am Ende noch Ärger."

Der Kassenwagen ist leer, der Eingang zum Zelt steht einen Spalt offen, vorsichtig äugen sie hinein.

„Was macht ihr denn hier?", dröhnt eine tiefe Männerstimme hinter ihnen. Erschrocken fahren sie herum. Ein großer Mann steht dort und blickt sie mit funkelnden, Dunklen Augen an. Doch dann entspannen sich seine Gesichtszüge, er lacht laut über die Kinder, die ihn erschrocken ansehen. „Keine Angst, ich beiße nicht. Zu wem wollt ihr denn?"

Thomas fasst sich als Erster. „Alfred hat uns gesagt, dass wir herkommen dürfen."

„So, so, das hat Alfred also gesagt." Er blickt von einem zum anderen. „Na gut, ich will mal nicht so sein, kommt mit, und nichts anfassen!" Der große Mann geht voraus, Christine und Thomas folgen ihm und sehen sich neugierig um.

Hinter einem Vorhang beginnt ein riesiger Raum unter einem Zeltdach. In der Mitte befindet sich die Zirkus-Arena, die durch ein paar Scheinwerfer in helles Licht getaucht ist. Die Bänke der Tribüne liegen, wie die meisten Teile, im Schatten, der Podest für die Kapelle, der im Moment verwaist ist, verschwindet fast im Dunkeln.

In der mit Sägemehl bestreuten Arena steht ein Mann und beobachtet einen Jungen, der neben einem Pony herläuft. Auf dem Pony sitzt der Affe Kaspar, der Junge – es ist Alfred, – hält einen großen Ring an einer Holzstange vor das kleine Pferd. Das senkt den Kopf unter den Ring, der Affe hüpft eine Handbreit hoch und springt durch den Ring, um danach wieder auf dem Pferd zu landen. Dieses Spiel wiederholt sich etwa alle zehn Schritte.

Der Mann in der Mitte der Arena blickt kurz zu den drei Ankömmlingen, um sich dann Alfred zuzuwenden. „Du kannst gleich zu deinen Freunden gehen, wir müssen deine Nummer noch ein paar Mal wiederholen." Zu den Zweien ruft er: „Haltet euch bitte im Hintergrund, bis er mit der Nummer fertig ist, ja?"

Die beiden nicken, sie wagen kaum zu atmen. Die Übungen dauern noch etwa eine Viertelstunde, dann ruft der Mann in der Mitte: „Gut gemacht, Alfred. Das genügt vorerst."

Der klatscht in die Hände, der Affe springt vom Pony und hopst auf ihn zu. Alfred hat die beiden schon bemerkt und kommt herüber. „Hallo Christine, hallo Thomas. Na, wie hat es euch gefallen?"

„Klasse, das machst Du toll", antwortet das Mädchen für beide.

Der Mann kommt auf die beiden Besucher zu und reicht ihnen die Hand. „Guten Tag. Willkommen im Zirkus Gawino, ich bin Klaus Schneidereit, Clown und Artist." Er ist groß und hat braune, lange Haare, die nass vom Schweiß an seinem Kopf kleben. „Alfred hat euch eingeladen, ja? Das passiert häufiger bei unseren Aufenthalten, und wir unterstützen es, da er es als Zirkuskind schwer hat, Freunde zu finden, wir sind halt immer unterwegs." Er blickt zu Alfred hinunter. „Ihr müsst jetzt die Arena verlassen, wir stellen den Raubtierkäfig für die Dressur von meinem Schwager – Alfreds Papa- auf."

Alfred nickt. „Ja, kommt mit raus. Ich werde meine Oma fragen, ob ihr schon Karten bekommen könnt."

„Was ist eigentlich mit Michael, wollte er nicht schon längst hier sein?", wundert sich Christine.

„Keine Ahnung, mir hat er nichts erzählt", erwidert Thomas.

Die beiden gehen hinter Alfred her, hinaus in den hellen Sonnenschein. „Ich laufe schon mal voraus!", ruft der und verschwindet hinter einem der vielen weiß-roten Wagen. Gerade in dem Moment kommt Michael mit seinem Fahrrad angefahren, er hält und legt das Fahrrad ins Gras. „Tut mir leid, mein Vater hatte bis jetzt frei und ich musste ihm helfen, den Keller aufzuräumen."

Christine und Thomas werfen sich einen schnellen Blick zu. „Das macht nichts, Hauptsache ist doch, dass Du noch kommen konntest."

Alfred kommt wieder zurück, er begrüßt Michael. „Da bist Du ja, ihr könnt jetzt zu meiner Oma kommen, die verkauft euch dann Karten für die Vorstellung heute Nachmittag."

Die drei Freunde folgen dem kleinen Artisten hinter die Wagen. Es sind etwa vierzig, von denen etwa die Hälfte kreisförmig zu einer Wagenburg aufgestellt worden sind. Die anderen Wagen beherbergen die Tiere, von denen während des Aufenthaltes die Esel und Zebras in einem Außengehege untergebracht sind. Der Platz in der Mitte der Wagenburg misst etwa zwanzig Meter im Durchmesser. Mehrere Männer stehen um einen kleinen Gabelstapler herum.

„Der Motor ist kaputt", erklärt Alfred, als er den fragenden Blick seiner Freunde bemerkt. „Der muss in den nächsten Tagen repariert sein, denn am Donnerstag wird alles wieder abgebaut."

„Donnerstag schon?", fragt Christine enttäuscht.

„Ja, am Freitag wollen wir in Lüneburg sein, dort werden wir fünf Tage bleiben, so hat es meine Mutter erzählt."

Mit einem Mal wird den drei Freunden klar, was Zirkusleben bedeutet. Es sind nicht nur glitzernde Kostüme, Tiere, Musik, halsbrecherische Trapeznummern und Zirkusromantik, es bedeutet auch Unrast, entweder kommt man an, oder man fährt fort. Nie hat man einen festen Wohnsitz, außer im Winter für ein paar Monate. Eine richtige Schule besuchen die Zirkuskinder nicht, sie werden gemeinsam in einem der Wagen unterrichtet.

„Kommt mit!", fordert Alfred sie auf, steigt eine kleine Treppe hinauf und betritt einen der Wagen. Zögernd folgen ihm die drei Freunde und sehen sich neugierig um. Der Wagen ist etwa zwei Meter breit und sieben Meter lang. Der vordere Teil ist etwa drei Meter lang, eine weiße Holzwand mit einer Tür schließt ihn nach hinten ab. In dem kleinen Vorraum befindet sich ein Tischchen an der Wand mit dem Fenster, es ist klein, sodass der Raum kaum erhellt wird. Dort sitzt eine weißhaarige Frau und sortiert im Schein einer Lampe Rollen mit Eintrittskarten in einer Kiste.

Sie blickt hoch, als ihr Enkel und seine drei Freunde eintreten. Ihre silbernen Haare sind streng zu einem Zopf geflochten, sie trägt ein blaues, langes Kleid. „Guten Tag, meine Lieben, kommt herein. Mich freut es immer, wenn Alfred ein paar Kinder in seinem Alter kennenlernt, auch wenn es nie von Dauer sein kann. Wir sind eine große Familie und haben viele Angestellte, aber gleichaltrige Spielgefährten hat er keine." Sie mustert die Drei. „Alfred sagte mir, dass ihr an einem günstigen Eintrittspreis interessiert seid, stimmt das?"

Die drei Freunde nicken.

„Na, ich denke, da kann ich was machen. Die Vorstellung heute Nachmittag wird wohl nicht ganz ausverkauft sein, da geht es. Wie alt seid ihr denn?"

Christine räuspert sich und antwortet als Erste. „Wir sind alle 13 Jahre alt."

„Gut. Ich schlage Folgendes vor: Kinder bis 12 Jahre zahlen die Hälfte, also 2,50 Mark. Ich lasse euch auch noch als Kinder durch und ihr bezahlt mir 7,50 Mark für alle. Seid ihr damit einverstanden?"

„Vielen Dank." Christine zieht ihre Geldbörse aus der Hosentasche und legt der alten Dame einen Zehn-Mark Schein hin. „Ich bezahle für meine Freunde mit", sie blickt Thomas und Michael an. „Zu Hause könnt ihr dann mit mir abrechnen."

„Danke, Christine", antwortet Michael, Thomas nickt dazu. Das ist nett von ihr, besonders, wenn man bedenkt, dass sie selbst gar kein Portemonnaie dabeihaben, was Christine mit: „Das ist mal wieder typisch!", kommentiert.

Die alte Dame reißt drei Karten von einer Rolle ab und reicht sie ihnen. „Hier bitte, hebt sie gut auf, sonst wird es nichts mit der Vorstellung."

„Vielen Dank, Frau Gawino!", rufen sie im Chor.

Es ertönt ein Schritt auf der Treppe, dann steht ein junges Mädchen in dem kleinen Raum. Sie ist schlank, wirkt sportlich und mag vielleicht 15 Jahre alt sein. Sie ist mit einer Sporthose und einem lilafarbenen T-Shirt bekleidet. Ihre langen blonden Haare sind zu zwei Zöpfen geflochten. Sie bückt sich zu der alten Frau am Tisch und legt einen Arm um sie. „Hallo, Omi! Wann gibt es Mittagessen?" Sie lacht und blickt zu den vier Kindern hin. „Na, Alfred, hast Du ein paar Freunde finden können? Und dann gleich drei auf einmal?"

Alfred strahlt und stellt die jungen Leute gegenseitig vor. „Das ist Sabine, meine Schwester. Sie turnt am Trapez und reitet auf den Pferden."

„Reiten ist wohl etwas untertrieben." Sie blickt die drei Freunde an. Kommt ihr nachher zur Vorstellung? Dann könnt ihr sehen, was ich mache." Sie sieht wieder ihre Oma an.

„Mittag gibt es wie immer, das weißt Du doch. Punkt 12, damit noch genug Zeit bleibt, sich auf die Vorstellung vorzubereiten.", antwortet ihre Großmutter.

„Wir müssen auch los, damit wir nachher pünktlich sind", sagt Thomas nach einem Blick auf seine Armbanduhr.

Draußen auf der Wiese verabschieden sie sich von dem kleinen Artisten. „Bis nachher, Alfred, wir freuen uns schon auf die Vorstellung", sagt Christine.

„Ja, dann kann ich auch deine Nummer sehen", fügt Michael hinzu.

Zwei Stunden später sind die drei Freunde wieder auf der Festwiese. Die ist nicht mehr so menschenleer wie noch am

Vormittag. Dutzende von Autos parken am Rand, hunderte von Menschen streben auf das rot-weiße Zelt zu, dessen fast zwanzig Meter hohe Spitzen schon von Weitem zu sehen sind. Aus dem Zelt sind die Klänge der Kapelle zu hören. Mit klopfendem Herzen gehen sie auf den Eingang zu. Im Kassenwagen sitzt Alfreds Großmutter, etwa 20 Personen stehen um Eintrittskarten an. Auf ihr Winken nickt sie kurz und wendet sich wieder ihren Karten zu. Es sieht nicht so aus, als würde die Vorstellung nicht ausverkauft sein. Als sie gerade zum Zelteingang gehen wollen, hören sie ein Rufen: „Hee, Christine! Hallo! Hier!"

Die Stimme gehört einem Mädchen in Christines Alter, klein, mit dunklen kurzen Haaren und dunklen Augen, die mit zwei weiteren Mädchen auf sie zukommt. „Was machst Du denn hier? Blöde Frage, Du willst natürlich auch in den Zirkus. Du hättest mich anrufen können, dann hättest Du mit uns gehen können!" In dem Moment bemerkt das Mädchen Thomas und Michael, und sie läuft zart rosa an. Christine ist noch nicht dazu gekommen, irgendetwas zu sagen. „Hätte ich mir denken können, dass Du mit den beiden hier bist", sagt das Mädchen mit einer Spur Missbilligung in der Stimme.

„Ja, ich bin mit den beiden hier, ist daran etwas nicht in Ordnung, Marlene?", sagt Christine kühl.

„Nein, nein" beeilt sie sich einzulenken, „mir ist nur aufgefallen, dass Du meistens mit den Jungs unterwegs bist. Früher hast Du auch oft etwas mit uns unternommen, das ist alles."

Jetzt melden sich die anderen zwei Mädchen zu Wort. Die eine hat langes blondes Haar, das sie zu einem Pferdeschwanz gebunden hat. Die andere ist ein bisschen pummelig und hat ebenfalls blondes halblanges Haar. „Das stimmt, Chris'. Wir haben in den Ferien praktisch nichts von dir gesehen."

„Das stimmt, Sonja, hatte 'ne Menge zu tun."

„Sechs Wochen lang?", sagt jetzt das Mädchen mit dem Pferdeschwanz.

„Ja, Karin. Hört mal zu. Ich bin euch wirklich keine Erklärung schuldig, wo ich, wann mit wem bin. Wenn ich Zeit habe, melde ich mich, okay? Außerdem seid ihr doch wohl in den Urlaub gefahren, oder? Drei Wochen, wenn ich nicht irre."

„Oh, wir wollten keinesfalls zur Last fallen, entschuldige bitte", sagt Marlene in gereiztem Ton. „Wenn ihro Gnaden mal wieder ein paar Minuten erübrigen kann, stehen wir bereit." Sie verbeugt sich tief.

Michael und Thomas werfen sich während des Disputs der Mädchen ein ums andere Mal genervte Blicke zu: Mädchen!

Die drei Mädchen machen auf dem Absatz kehrt, und entfernen sich in Richtung Zelt. Sonja dreht sich um, und lächelt Thomas an. Der grinst blöde zurück. Michael bricht in brüllendes Gelächter aus: „Das fasse ich nicht! Mädchen sind wirklich unglaublich! Erst sind sie stinksauer, weil Du mit uns rumhängst und dann wirft die eine Tom einen glühenden Blick zu, das versteh, wer will, ich nicht."

Christine verdreht die Augen: „Weil Du ein Trottel bist. Ist doch klar, was da abläuft: Die sind sauer, dass ich nicht nur einen, sondern zwei Jungs mit Beschlag belege, während sie keinen haben."

Die Jungs starren Christine an. „Ach Quatsch, das glaube ich nicht", sagt Michael.

„Ich auch nicht", schließt sich Thomas an.

„Sag ich doch, ihr seid Trottel." Und dann lacht sie glucksend.

Am Zelteingang steht Wiktor Mazur, der riesige Gehilfe. Beinahe hätten sie ihn in seiner roten Livree nicht erkannt. Sie reichen ihm ihre Karten, die er einreißt. „Ich wünsche euch viel Vergnügen!", ruft er ihnen hinterher. Dann stehen sie im Zirkus, mit großen Augen sehen sie sich um. Die Hälfte der Plätze sind schon belegt, die Musik der Kapelle kann das Stimmengewirr der vielen Zuschauer kaum übertönen. In der fünften Reihe finden sie einen Platz.

Eine knappe halbe Stunde später spielt die Kapelle einen Tusch, die Beleuchtung der Tribüne wird abgeschaltet. Ein großer Mann in einer roten Uniform tritt an den Rand der Arena, es ist der Zirkusdirektor, Alfreds Vater. Ein Gehilfe im Hintergrund richtet ein starkes Licht auf ihn, hell glänzen die goldenen Verzierungen an seiner Uniform. In der Hand hält er ein Mikrofon und spricht hinein. „Willkommen, liebe Gäste! Ich freue mich, dass Sie gekommen sind, und wünsche Ihnen für die kommenden Darbietungen viel Vergnügen! Wir beginnen mit meiner Tochter und ihren Kunststücken auf unseren Pferden. Ein Applaus für Sabine Gawino!"

Die Zuschauer klatschen, Thomas, Christine und Michael rufen laut vor Begeisterung. „Hallo, Sabine!" Doch die kann sie nicht hören. Acht Pferde galoppieren in die Arena, auf dem Ersten sitzt das junge Mädchen. Sie trägt einen roten Hosenanzug mit einem schwarzen Hut auf dem Kopf. Die Pferde trennen sich und laufen in zwei Kreisen in entgegengesetzter Richtung. Die junge Artistin springt dabei zwischen den Pferden hin und her und zeigt erstaunliche Kunststücke auf den Pferderücken, während die Tiere rasch traben. Christine hält den Atem an. Ob sie sich so etwas trauen würde?

Als nächstes kommt der Clown in die Manege. Er hat einen Affen bei sich, wahrscheinlich Kaspar. Der macht fortwährend Schabernack, stiehlt einer Zuschauerin den Hut und der Clown läuft heftig gestikulierend hinterher. Nachdem die Zuschauerin den Hut wiedererhalten hat, kommt Alfred auf die Bühne. Er trägt eine schwarze Hose mit einer roten Jacke, sein Gesicht ist weiß geschminkt, die Nase bildet eine feuerrote Kugel.

„Alfred!", rufen die Drei, doch der Nachwuchsclown ist auf seine Nummer konzentriert und hat keinen Blick für sie.

Die Darstellungen folgen dicht aufeinander, keinen Moment entsteht Langeweile. Besonders leise ist es im Publikum, als Alfreds Vater, der Zirkusdirektor persönlich, seine Raubtiernummer vorführt. Er führt vier Tiger und zwei Löwen durch einen Tunnel aus Stahldraht in die Manege. Die ist für die Raubtiernummer mit einem hohen Zaun versehen, der die Zuschauer schützen soll. Nur mit einer Peitsche und einem Stock versehen, leitet er die gefährlichen Tiere zu den erstaunlichsten Kunststücken an. Am Ende springen zwei Tiger sogar durch einen brennenden Reifen. Die drei Freunde können kaum glauben, was sie sehen, und folgen atemlos der Vorführung.

Ein Feuerschlucker tritt auf. Die drei sind sich einig, dass das nichts ist, was sie lernen wollen. Dann führt Alfreds Schwester mit ihrer Mutter und einer dritten Person eine Trapeznummer vor. Eine Frau in einem Kostüm der Goldenen Zwanziger – es ist Alfreds Tante, wie sie später erfahren, führt kreiselnde Teller vor. Es sind etwa 20 Stangen, die auf einem langen Tisch befestigt sind. Einen Teller nach dem anderen stellt sie auf die Spitze eines Stabes, und bringt ihn geschickt zum Kreiseln. Immer wieder muss sie langsamer werdende Teller, die drohen abzustürzen, erneut mit Schwung versehen. Sie stellt sich dabei scheinbar ungeschickt an, sodass die Zuschauer immer wieder zum Lachen veranlasst werden.

Der Abschluss der Vorstellung ist eine Kombination aus einer Raubtierdressur mit einem Zauberkunststück. Innerhalb des Käfigs steht auf einem Podest eine Gitterbox. Einer der Tiger muss durch einen Ring in die Box springen, dann werden alle anderen Raubtiere durch den Tunnel wieder zu ihren Käfigen bei der Wagenburg gebracht.

Der Tiger in der Gitterbox zeigt sichtlich seinen Unwillen, er faucht, als über ihm ein Seil befestigt wird. Schließlich wird sie von zwei Männern in die Höhe gezogen, ganz hoch, bis unter die Zirkuskuppel. Das Seil wird befestigt, dann tritt wieder der Zirkusdirektor in Aktion. Er kündigt einen sensationellen Zaubertrick an. Auf einen Zug an einem Seil fallen Vorhänge vor die Gitter und verhindern den Einblick in die Gitterbox, die Zuschauer hören das Raubtier nur noch gereizt fauchen.

Die Kapelle lässt einen lauten Trommelwirbel ertönen, eine lange, atemlose Pause entsteht, die Spannung steigt - dann werden durch einen Zug an einem Seil die Vorhänge fortgezogen. Ein Aufschrei der Überraschung erschallt von den Zuschauern auf der Tribüne. Auch Christine, Michael und Thomas können nicht glauben, was sie sehen. Der Tiger ist verschwunden, stattdessen hockt Alfreds Schwester in einem silbernen Kostüm in dem Käfig. Sie lächelt und winkt den Zuschauern zu.

Das Licht über den Sitzreihen wird eingeschaltet, der Vorhang vor dem Ausgang wird aufgezogen, die Kapelle spielt ein Abschiedslied. Die Zuschauer erheben sich und streben zum Ausgang. Die drei jungen Detektive schließen sich an und stehen schließlich wieder auf der Wiese.

„Das mit den Tellern muss ich zu Hause mal ausprobieren", sagt Christine und überlegt schon, wo sie einen passenden Stock dazu bekommt.

„Versuch es lieber zuerst mit einem alten Teller", schlägt Michael vor.

„Du meist wohl, dass mir das nicht gelingt, oder? Das ist doch einfach."

„Gut, wir kommen und helfen, die Scherben aufzufegen" fügt Thomas hinzu.

„Seid nicht so frech! Ihr glaubt, ihr könnt euch das erlauben, weil ich ein Mädchen bin."

„Wie sollten wir", sagt Michael, „Alfreds Mutter ist doch auch ein Mädchen."

Lachend steigen sie auf ihre Fahrräder und radeln nach Hause, nicht ohne sich für morgen wieder zu verabreden.

Es ist Sonntag, kurz nach dem Frühstück. Die drei Freunde stehen mit ihren Fahrrädern am Eingang zu der Festwiese, diesmal ist Michael gleich mit dabei.

„Alfred hat gesagt, dass er uns heute die Tiere zeigen will", informiert Thomas Michael, der gestern Einiges versäumt hatte.

„Ey, das wird bestimmt interessant", erwidert der.

„Ich glaube, vor den Tigern werde ich Angst haben", gibt Christine zu.

„Keine Sorge, halt' dich immer hinter mir", sagt Michael ritterlich.

Einem Tiger oder Löwen kann Michael kaum den Weg versperren, aber Christine freut sich über sein Angebot, zeigt es ihr doch, dass er für sie sein Leben riskieren würde, sie findet das sehr romantisch.

Sie klopfen an die Tür des Wagens, in dem sie gestern schon waren.

„Kleinen Moment, bin gleich fertig", hören sie von drinnen. Dann kommt Alfred herausgesprungen, er hockt sich hin und bindet die Schnürbänder zu. „Ich habe meinen Vater gefragt, ich brauche heute nicht zu üben, weil Sonntag ist.

‚Ausnahmsweise', hat er gesagt." Er geht voraus, hinter die Wagenburg. Dort ist für die Pferde und die Zebras mit Gittern je ein Auslauf geschaffen worden. „Seht ihr das Pferd da?" Er deutet auf eine braune Stute, „Darauf hat meine Schwester gestern die Kunststücke vorgeführt, heute Nachmittag ist sie wieder dran, so wie wir alle." Er geht weiter, zu anderen Wagen, die so aufgestellt sind, dass eine Gasse zwischen ihnen entstanden ist. „Hier sind die Tiger und Löwen untergebracht", flüstert Alfred. „Ihr müsst jetzt leise sprechen und euch nur langsam bewegen, um sie nicht aufzuregen."

Christine versteckt sich hinter Michaels kräftigen Schultern und sieht etwas blass dahinter hervor. So gut wie die Pferde und Zebras haben es die Großkatzen nicht, sie sind immer in diesen Käfigen eingesperrt, mit Ausnahme der Proben. Kein Wunder, dass sie sich leicht aufregen, denkt Christine für sich. Alfred kennt alle Tiere mit Namen und stellt sie ihnen vor. „Die Tiger hat man Vater seit sechs Jahren, der älteste ist schon über zehn Jahre bei ihm. Ich war noch klein, als er sie gekauft hat.

Die Raubtiere blicken die Besucher aus kleinen, Dunklen Pupillen an, die von einer gelbbraunen Iris umgeben sind. Aufmerksam folgen die Augen jeder Bewegung. Einer der Tiger erhebt sich und fährt mit seiner großen Tatze am Gitter entlang. Die Besucher treten einen Schritt zurück, Alfred grinst über ihre Reaktion. „Keine Bange, sie sind gut dressiert und werden jeden Tag gefüttert."

„Aber es sind immer noch Raubtiere, die nicht wirklich zahm sind", erwidert Thomas.

Christine sieht sicherhalber zum Riegel an der Käfigtür, entsetzt sieht sie, dass der Riegel offen ist. Jetzt stößt der Tiger wieder mit seiner riesigen Tatze an das Gitter, brüllt und zeigt seine gefährlichen Zähne. Christine beobachtet wie hypnotisiert den Riegel. Eine Handbreit klappt das Gitter nach vorne, um dann wieder zurückzufallen. Sie ist versucht zu schreien, ihr bleibt jedoch der Ton vor Angst im Hals stecken. So klopft sie Michael mit der Hand auf den Arm und zeigt dann zu dem Verschluss. „Da, der Riegel ist offen!", krächzt sie mit ersterbender Stimme.

Mit einem Mal bleiben alle stocksteif stehen. Selbst Alfred, der bisher immer einen gelassenen Eindruck machte, bewegt sich nicht mehr. Dann springt er plötzlich vor und schiebt den Riegel zu. Keine Sekunde zu früh, das große Tier erhebt sich auf die Hinterpfoten und schlägt mit den Tatzen gegen das Gitter. Es erzittert – aber bleibt verschlossen.

„Schnell, lauft!", ruft er seinen Freunden zu, um sich ihnen dann anzuschließen. „Ich hole meinen Papa!", ruft er und verschwindet hinter der Wagenburg. Nur wenige Minuten später kommen der Vater und mehrere Männer angelaufen, sie haben Seile und Stangen, die mit einem Ring versehen sind, bei sich. Der Dompteur hat sogar ein Gewehr dabei. „Kommt auf keinen Fall näher!", ruft er ihnen zu und verschwindet zwischen den Wagen.

Kurze Zeit später erscheinen sie wieder, Alfreds Vater kommt auf sie zu. „So, es ist nichts weiter passiert, Gott sei Dank. Wir haben den Riegel mit Draht gesichert, solange, bis wir wissen, wie das passiert ist. Was habt ihr denn beobachtet?"

Christine erzählt, dass sie nur gesehen hat, dass der Riegel offen war. „Das war schon, als wir zu dem Käfig gingen. Wie das passiert ist, wissen wir nicht." Sie blickt ihre Freunde an, die zustimmend nicken. Der Zirkusdirektor Gawino kratzt sich am Kopf. „Das ist merkwürdig, alle Mitarbeiter sind sehr sorgfältig damit und achten peinlich darauf, dass die Käfige immer sicher verschlossen sind." Er mustert seine Gäste. „Bleibt vorerst den Raubtieren fern, damit nichts passiert. Ich habe meinen Arbeitern eingeschärft, immer wieder die Riegel zu kontrollieren." Jetzt lächelt er seine Gäste an. „Ich hoffe, dass euch unsere Vorstellung gefallen hat."

„Doch sehr!" Die drei überschlagen sich mit ihren Antworten. „Mir hat das mit den Tellern am besten gefallen", erklärt Christine.

„So?" Gerhard Gawino lacht sie an. „Ich werde meiner Schwägerin sagen, dass ausgerechnet die einfachste Nummer so gut angekommen ist."

Christine will gerade sagen, dass sie die Nummer überhaupt nicht einfach fand, aber der Zirkusdirektor hebt die Hände. „Nein - sie ist zwar vergleichsweise einfach, sie führt sie aber sehr geschickt vor", fügt er hinzu.

„Mir gefiel das Trapez am besten, dazu hätte ich auch Lust", offenbart Michael sein offenkundiges Interesse am Sport.

„So, meine Lieben, ich muss weiter. Ein Zirkus gönnt einem keinen Moment Ruhe."

Zwei Tage später sind die Drei wieder auf dem Zirkusgelände. Es ist der letzte Tag, noch am Abend nach der letzten Vorstellung soll mit den Abbauarbeiten begonnen werden. Alfred verabschiedet sich etwas wehmütig von ihnen. „Schade, dass ihr nicht mitkommen könnt, jetzt habe ich wieder nur meine Schwester und sonst fast nur Erwachsene um mich herum."

Von ihm erfahren sie noch, dass man die Ursache für den offenen Riegel entdeckt hatte. „Der Affe Kaspar hatte ihn offenbar herausgezogen und gestern hat er das wieder versucht, der Gauner. Jetzt hat mein Vater die Riegel verändert, sodass es viel schwieriger ist, sie zu bewegen." Alfred geht in die Wagenburg zurück. Kurz, bevor er darin verschwindet, dreht er sich um und winkt den Dreien. Christine, Michael und Thomas haben ein bisschen Mitleid mit ihm.

Eine Spur der Bankräuber

Eine Woche ist vergangen, der Zirkus ist abgereist und die drei Hobbyermittler wenden ihre Gedanken wieder dem Banküberfall zu. Offenbar hat die Polizei keine neuen Ermittlungsergebnisse zu vermelden, sonst hätte Christines Vater bestimmt eine Bemerkung dazu gemacht. So vertrödeln Christine, Thomas und Michael ihre Tage mit Baden, Lesen und Bootfahren. Michael hat allerdings einige Pflichten, die er zu Hause zu erledigen hat. Heute hat er von seinem Vater den Auftrag bekommen, einige Lebensmittel und frisches Gemüse einzukaufen. Er fährt mit dem Fahrrad zu dem kleinen Markt am Anfang der Dankersstraße. Als er mit dem Einkaufsbeutel den Markt verlässt, stockt ihm kurz der Atem. Direkt vor ihm, am Kantstein, steht das Fluchtauto der Bankräuber. Es ist ein Ford Escort, Farbe Bronze. Michael geht möglichst unauffällig um das Auto herum. An mehreren Stellen sind kleine Beulen – und hinten am Kotflügel auf der linken Seite ist eine rote Schramme! Es ist dasselbe Auto, in das die Bankräuber nach dem Raub gestiegen sind.

Sein nächster Blick gilt dem Nummernschild, STD-F-261 steht dort, eine andere Nummer als die, die er sich nach dem Überfall gemerkt hatte. Der Polizist hatte ja gesagt, dass das Kennzeichen, das bei dem Bankraub am Fahrzeug montiert war, vermutlich gestohlen war. Er kratzt sich am Kopf. Das Auto war garantiert das Fluchtfahrzeug der Gauner, es ist kein Zweifel möglich. Vorerst wird er es beobachten, er bummelt auf dem Bürgersteig herum, sieht scheinbar gleichgültig den

Passanten hinterher, mustert den Inhalt der Schaufenster. Jetzt kommt jemand aus dem Geschäft. Der Mann ist mittelgroß, hat fast schwarze Haare, trägt eine Brille und ist mit einer Jeans und einem weißen T-Shirt bekleidet. Und – Michael hält den Atem an - an seinem linken Handgelenk ist ein schwarzer Skorpion eintätowiert! Das ist einer der Verbrecher, ganz sicher. Michaels Herz beginnt zu klopfen. Der Mann steigt in sein Auto und startet es, Michael springt auf sein Fahrrad. Hoffentlich wird er dieses Mal nicht wieder abgehängt!

Seine Sorgen erweisen sich als unbegründet, der kleine Wagen fährt nur um ein paar Ecken und parkt schließlich am Ende der Steiermarkstraße vor einem Reihenhaus. Das Gebäude hat die besten Jahre hinter sich, es ist aus roten Ziegeln gemauert und mit einem Dach aus roten Pfannen versehen. Zwischen Haus und Bürgersteig gibt es einen kleinen Garten, der teilweise mit Unkraut und mit Goldrute überwuchert ist.

Der Mann steigt aus und verschwindet im Hauseingang, Michael prägt sich die Hausnummer ein. Das müssen unbedingt sofort die Anderen erfahren!

Mit kräftigen Pedaltritten hetzt er zur Jahnstraße. Auf sein Klingeln passiert nichts. Einer Eingebung folgend, geht er hinter das Haus in den Garten. Und richtig, da sitzen Christine und Thomas über einem Blatt Papier. Sein Freund sieht dem Mädchen zu, wie sie versucht, mit einem Bleistift die Tätowierung zu zeichnen. Immer wieder radiert sie daran herum und bessert mit dem Stift nach.

„Das ist so schwierig, ich habe es nur kurz gesehen."

„Ich habe den dazu gehörenden Mann eben gesehen" sagt Michael atemlos, „das Zeichen ist ein Skorpion."

„*Wen* hast Du gesehen?", rufen Thomas und Christine gleichzeitig.

Michael strahlt, das ist eine entscheidende Entdeckung, und er hat es, wenn auch nur durch Zufall, herausgefunden! „Ich habe eben beim Einkaufen das Fluchtauto der Diebe gesehen, es parkte seelenruhig vor dem Kaufmann in der Dankersstraße. Es hatte ein anderes Nummernschild, eins aus Stade, aber mich konnte das nicht täuschen. Das Auto würde ich unter Hunderten wiedererkennen. Ich bin dem Wagen mit dem Rad gefolgt, der Mann wohnt in der Steiermarkstraße." Er blickt Thomas triumphierend an.

„Gute Arbeit Watson, das muss ich schon sagen", grinst Thomas seinen Freund an. Dann geht er auf dem Rasen hin und her. In seinem Kopf arbeitet es. Die Ergreifung der Täter scheint ihm in unmittelbare Nähe gerückt. Dann erinnert er sich schweren Herzens an die Zusage, die sie dem Polizisten gegeben haben. „Ich fürchte, wir müssen die weitere Arbeit der Polizei überlassen. Die sollten jetzt in der Lage sein, die Diebe zu fassen. Das können wir sowieso nicht." Leider, denkt er bei sich. Häufig hat er sich, vor allem in der letzten Zeit, in Tagträumen Verbrecher verfolgen sehen. Aber das sind eben nur Träume. Ein Rest von Vernunft sagt ihm, dass es jetzt an der Zeit ist, ihre Informationen an die Polizei weiterzugeben, auch wegen des Versprechens, das er seinen Eltern gegeben hat. Wenn seine Freunde und er jetzt im Alleingang den Ganoven zu nahekommen, gibt es Ärger, und zwar nicht knapp.

„Christine, meinst Du, dass dein Vater es einfädeln könnte, dass wir mit dem zuständigen Ermittler sprechen können? Das scheint mir logischer zu sein, als über die Polizeiwache, schon wegen der Rückfragen."

Das Mädchen überlegt. „Hm… mal sehen, ich werde ihn heute Abend mal auf den Zahn fühlen."

Christine hat mit ihrer Bitte Erfolg, denn ihr Vater sucht schon einen Tag später das für Raub zuständige Kommissariat auf. Zum einen erfüllt er seiner Tochter einen Wunsch, zum anderen ist er froh, dass die Kinder offenbar nicht selbst versuchen, die Gauner zu fassen. An die möglichen Konsequenzen eines Alleinganges mag er gar nicht denken.

Es ist Kriminalhauptkommissar Engelmann, der mit einem Kollegen den Überfall auf die Volksbank bearbeitet.

„Guten Tag, Rudolf. Ich leite hiermit den Wunsch meiner Tochter an dich weiter, dich mit allen Informationen zu versehen, die sie und ihre Freunde gesammelt haben."

„Warum nicht, ich werde die jungen Leute zu mir einladen. Vielleicht haben sie etwas beobachtet, was wir übersehen haben, wir können ja nicht überall sein."

„Das wird die Drei freuen. Wenn sie mit dir sprechen können, fühlen sie sich ernst genommen. Ich kenne doch mein kleines Mädchen, sie möchte schon wie eine Große behandelt werden."

„Das kann ich mir vorstellen. Sag mal, diesen Hang zum Ermitteln, woher hat sie das bloß?" Er grinst.

„Weiß ich auch nicht Rudolf, ist mir ein Rätsel."

„Ich will mal sehen, wann ich Zeit habe, dann werde ich die Herrschaften schon richtig behandeln, keine Sorge."

Zwei Tage später passt es dem viel beschäftigten Kommissar. Jetzt sitzen die drei Kinder mit ihm im Besprechungsraum im Erdgeschoss. Er weist auf eine Dose mit Keksen. „Ihr könnt Orangensaft oder Kaffee bekommen, wie sieht es aus?"

Sie möchten alle Saft, Kaffee mögen sie nicht. Michael greift als erster in die Dose mit den Keksen.

„Also, ihr wolltet mich sprechen, weil ihr noch weitere Informationen über die Bankräuber habt. Habe ich das richtig verstanden?"

Christine und Michael blicken Thomas an, ohne sich abgesprochen zu haben, es ist klar, dass es seine Aufgabe ist, mit dem Kommissar zu sprechen.

„Wir glauben, das Fluchtauto wiedergesehen zu haben. Es ist ein bronzefarbener Ford Escort mit dem Kennzeichen STD-F-261. Vor einer Woche hat Michael es gesehen. Er konnte den Fahrer bis zu dessen Wohnung in der Steiermarkstraße verfolgen." Er sieht den Kommissar erwartungsvoll an.

Der notiert sich das Kennzeichen und die Anschrift. „Das hätte ich früher wissen müssen… aber das ist nicht eure Schuld, ich hätte eher Zeit für euch haben müssen. Ihr habt das toll gemacht, ich möchte an dieser Stelle jedoch darauf hinweisen, dass es kein Kinderspiel ist, solche Verbrecher zu verfolgen. Die Bankräuber sind bewaffnet und setzen ihre Waffen auch ein." Er lehnt sich im Stuhl zurück und sieht seine jungen Gäste an. „Ich werde euch etwas von unserem bisherigen Ermittlungsstand erzählen. Die Ausführung der Tat hat Ähnlichkeit mit zwei Banküberfällen in der Umgebung von Bremen. Die gefundenen Geschosse der Bremer Überfalle stimmen mit denen aus Stade überein. Übrigens, das Bremer Kennzeichen des Autos war gestohlen."

„Mit der neuen Nummer aus Stade können Sie doch etwas anfangen?", fragt Christine schüchtern.

„Doch, junge Dame. Ich werde gleich nach unserer Besprechung den Halter ermitteln, und persönlich den Bewohner der", er sieht auf seinen Zettel, „den Bewohner der Steiermarkstraße aufsuchen. Es ist aber so, dass wir mit den Ermittlern aus Bremen in engem Kontakt stehen. Gemeinsam mit denen werden wir die Diebe ermitteln, das kann nicht mehr lange dauern." Er greift nach der Glaskanne mit dem Saft. „Möchte noch jemand von dem Orangensaft?"

Michael meldet sich als Erster, natürlich. Der Kommissar schenkt nach.

„Wie viel Geld ist denn gestohlen worden?", möchte Thomas wissen. Die Frage beschäftigt ihn schon länger.

Kommissar Engelmann schmunzelt. „Das ist für euch Jungs interessant, was? Es waren auf jeden Fall über 100.000 Mark, für die Gauner hat es sich gelohnt." Er nimmt die Dose mit den Keksen, seinen Zettel und steht auf. „Tut mir leid, ich muss wieder an die Arbeit. Vielen Dank für eure Mitarbeit, und noch mal: Seid bitte vorsichtig! Wenn Euch bei so einer Ermittlung etwas zustößt, ist der Teufel los, das könnt ihr mir glauben."

Wenig später stehen die drei auf dem Bürgersteig. „Meinst Du, dass er sich über unsere Angaben gefreut hat?", fragt Michael seinen Freund.

Der zuckt mit den Schultern. „Ich weiß nicht, für meinen Geschmack hat er uns zu sehr wie Kinder behandelt: Seid vorsichtig, seid vorsichtig - als wenn wir das nicht selbst wissen, wir sind ja nicht blöde."

Christine lächelt. „Es hätte nicht viel gefehlt, und er hätte uns Kakao angeboten."

„Den hätte ich auch getrunken", antwortet Michael.

„Du schaufelst ja alles in dich rein", lacht ihn Christine aus.

Thomas stimmt in ihr Lachen mit ein, schließlich lacht auch Michael mit.

Am Anfang der Woche fasst sich Thomas ein Herz und ruft bei Kriminalkommissar Engelmann in dessen Büro an. „Raubdezernat, Engelmann!"

„Hallo? Hier ist Thomas Marek, einer der drei, die letzte Woche bei Ihnen waren",

„Hallo Thomas! Was kann ich für Dich tun? Seid Ihr schon wieder einem Gauner auf den Fersen?" Er lacht dröhnend.

„Im Moment nicht, aber ich möchte wissen, ob Sie etwas über den Escort-Fahrer herausgefunden haben."

„Mein lieber Thomas, leider ist dem Besitzer des Ford Escort mit dem Kennzeichen STD-F-261 keine Beteiligung an dem Bankraub nachzuweisen. Er ist nicht vorbestraft und hat ein Alibi für die Tatzeit. Es tut mir leid, das muss eine zufällige Übereinstimmung mit einem ähnlich aussehenden Auto gewesen sein."

„Aber mein Freund Michael ist sich ganz sicher, dass es der Wagen war! Da war doch die rote Lackspur an der linken Seite!"

„Das kann auch etwas anderes gewesen sein, das ist jedenfalls zu dünn, um den Fahrzeughalter zu belangen. Tut mir leid, Thomas."

Erschüttert legt Thomas den Hörer auf. Wie konnte das sein? Michael hat sich mit dem Auto bestimmt nicht geirrt, er ist ein genauer Beobachter. Das Alibi des Gauners ist sicher falsch, da hat jemand für ihn gelogen. Jetzt fällt ihm die Tätowierung ein, die hatten sie vergessen zu erwähnen. Aber was hätte das geändert? Christine war sich ja nicht sicher, wie sie ausgesehen hatte.

Einen Vorteil hat die Nachricht: Jetzt gibt es keinen Grund mehr, sich mit den eigenen Ermittlungen zurückzuhalten.

Gleich morgen wird er sich mit Christine und Michael treffen, um einen Plan für die Lösung des Falles zu erarbeiten.

Ein Problem ist allerdings, dass in zwei Tagen die Sommerferien vorbei sind. Neben der Schule werden sie, besonders Michael, nicht mehr so viel Zeit haben, um sich um die Beobachtung der Verbrecher zu kümmern.

Die Verfolgung der Diebe

Der nächste Tag. Lagebesprechung im Garten von Thomas Eltern. Die drei haben den Tisch in den Schatten gestellt, Thomas hat Milch und eiskalte Limonade aus der Küche geholt. Thomas berichtet haarklein, was Kommissar Engelmann vom Raub am Telefon gesagt hat: „Ja, und dann meinte er, wir müssten uns geirrt haben und es wäre nur eine zufällige Ähnlichkeit mit einem ähnlich aussehenden Auto gewesen. Die ganze Sache wäre" er malt Gänsefüßchen in die Luft, „»zu dünn«, um den Halter des Autos dranzukriegen, na ja, er hat sich anders ausgedrückt, aber das war gemeint."

„Das gibt's doch gar nicht!", schäumt Michael und erzählt noch mal haarklein, wie er das Fluchtauto entdeckt und verfolgt hat. Christine hat die Einzelheiten noch nicht gehört. „Ich bin gestern noch mal in die Steiermarkstraße gefahren, auf dem Klingelschild steht »Perlinger«", endet Michael seinen Bericht.

„Gute Arbeit!" Thomas notiert sich den Namen für seine Unterlagen. „Das Alibi von diesem Perlinger ist bestimmt falsch."

Michael ist immer noch wütend. „Natürlich ist es das! Das Auto ist garantiert dasselbe, dafür lege ich meine Hand ins Feuer!", braust er auf. „Der Zustand des Autos, die Beulen und vor allem die rote Schramme hinten links, sind so eindeutig wie ein Fingerabdruck!"

„Eben, deshalb müssen wir uns wieder einschalten, auch wenn unsere Eltern das nicht gerne sehen."

„Wir müssen denen ja nichts erzählen", schlägt Michael vor. Er hat den Freunden nicht gesagt, dass sein Vater von seinem neuen Hobby nichts wissen will, und ihm verboten hat, sich in die Polizeiarbeit einzumischen. Er wird höchstens seinem kleinen Bruder ab und zu berichten, und ihm Ärger androhen, für den Fall, dass er petzen sollte.

„Ich möchte meine Eltern nicht belügen", meldet sich Christine leise.

„Erzähl einfach nichts, das ist nicht lügen. Für den Fall, dass Du gefragt werden solltest, müssen wir uns etwas einfallen lassen, damit es nicht gelogen ist", beruhigt sie Thomas. Er trinkt einen Schluck von seiner Brause und blickt auf seine Notizen. „Die Polizei ist auf der falschen Fährte, oder auf gar keiner. Deshalb müssen wir die Aufklärung selbst in die Hand nehmen, oder? Was meint Ihr?"

„Klar, ich bin auf jeden Fall dabei!" Michael ist voller Tatendrang, die Suche nach den Tätern ist nicht nur notwendig, es ist auch ein spannendes Abenteuer.

„Und Du, Christine? Wie sieht es mit dir aus? Wenn Du lieber nicht mitmachen willst, ist das auch in Ordnung." Thomas ahnt den Konflikt, in dem sie steckt: Sie möchte schon dabei sein, möchte ihre Eltern aber nicht hintergehen. Ihm lassen die Eltern viel Spielraum, Spielraum, den er bisher nie ausgenutzt hat, das kommt ihm nun zugute.

Christine nickt. „Ich bin schon dabei. Aber wenn es gefährlich wird, werde ich mich zurückziehen."

„Klar, das verstehen wir. Der Haken wird sein, dass man vorher oft nicht weiß, wann es gefährlich wird", sagt Michael, „aber wir passen schon auf Dich auf."

„Okay, damit wäre das geklärt", sagt Thomas, „Wie gehen wir jetzt vor?"

„Uns bleibt im Moment nur die Beobachtung der Diebe. Wir fangen mit diesem Perlinger an und müssen hoffen, dass er uns eines Tages zu seinen Komplizen führt", schlägt Michael vor.

„Ja, genau, müssen wir eine Art Bereitschaft einteilen, oder wie machen wir das?", fragt Thomas.

„Ich habe eigentlich immer Zeit, auch sehr früh und oft auch sehr spät." Michael denkt wehmütig an die Spannungen zu Hause, das erste Mal ist es ein Vorteil, dass es seinen Vater nicht sonderlich interessiert, was er so treibt, außer die Aktion hält Michael von seinen vielen Pflichten zu Hause ab.

„Ich komme immer, wenn ich Zeit habe", sagt Christine.

„Sehr gut", kommentiert Thomas, „ich komme auch immer, wenn ich kann, so wird es gemacht." Er sieht seine Mitstreiter an. „Was haltet ihr davon, wenn wir gleich anfangen? Wir sollten unsere Beobachtungen aufschreiben, damit wir erkennen können, ob es ein System in seinem Tagesablauf gibt." Mit Schrecken fällt ihm noch etwas ein. „Denkt daran, dass morgen der letzte Tag der Sommerferien ist, vielleicht brauchen wir noch Sachen für die Schule, neue Hefte und so."

„Scheiße!", ist der Kommentar von Michael. „Ausgerechnet jetzt, wo es spannend wird."

„Wir brauchen auch Zeit für die Hausaufgaben", bemerkt Christine.

„Die kannst Du doch am Abend machen", wirft Michael ein, der es oft so macht, manchmal sogar nachts.

„Nein, wenn meine Eltern das mitbekommen, gibt es Ärger."

„Wir müssen das Beste daraus machen", vermittelt Thomas. Jeder nimmt so teil, wie es möglich ist. „Aber heute haben wir noch alle Möglichkeiten, seid ihr bereit?"

„Alles dabei!", triumphiert Michael, hält ein Notizheft hoch und steckt es in seine Hemdtasche zurück.

Sie steigen auf ihre Fahrräder und radeln los, über die Teichstraße und die Dankersstraße in die kleine Gasse in der Nähe der Umgehungsstraße.

Der Weg ist nicht weit, in wenigen Minuten haben sie die kleine Straße erreicht, in der der vermeintliche Bankräuber wohnt. Von der nahen Bundesstraße klingt gedämpft das Geräusch des Verkehrs zu ihnen. Die Sonne scheint gerade die Steiermarkstraße entlang, es ist hübsch und beschaulich, viele der kleinen Vorgärten werden von üppig blühenden Blumen geschmückt. Nur das Haus, in dem Herr Perlinger wohnt, wirkt vernachlässigt. Der Garten vor dem Haus ist überwuchert von Unkraut, die eigentlich weiß gestrichenen Fensterrahmen benötigen dringend frische Farbe. Davon lassen sich die Insekten nicht abhalten, Bienen und Hummeln verbreiten eine summende Hintergrundmusik.

Der Ford Escort steht an der Straße, demnach sollte Herr Perlinger zu Hause sein. „Vielleicht schläft er noch, die Gardinen sind zugezogen", bemerkt Michael.

„Hm, was machen wir jetzt?", fragt Christine.

„Ja, genau", bestätigt Thomas, „wir müssen uns die Zeit vertreiben. Was haltet ihr von einem Ratespiel?" Er mustert seine Freunde und fährt fort. „Ich denke mir etwas aus und ihr müsst raten. Ich antworte nur mit ja oder nein. Habe ich mehr als zwanzigmal Nein gesagt, habt ihr verloren, dann darf ich wiederholen und mir etwas Neues ausdenken. Gewinnt ihr, seid ihr dran, euch etwas auszudenken."

Der Vorschlag findet Zustimmung, man kann es spielen, ohne irgendetwas zu benötigen. Thomas denkt sich »Vergrößerungsglas« aus, das nach der zwölften Frage geraten wird. Nun darf Michael sich etwas ausdenken. Thomas und Christine überlegen immer neu und fragen wieder, er hat sich etwas ganz Schwieriges ausgesucht. Michael freut sich, er ist sich ganz sicher, dass sein Begriff nicht erraten wird. Nach Frage zwanzig lacht er herzlich, sein Suchbegriff war »Lichthupe«. Christine und Thomas sehen sich an, sie fühlen sich getäuscht."

„Das kann man nicht anfassen", beschwert sich Christine.

„Doch, es gibt einen Hebel dafür, auch die Scheinwerfer gehören dazu", begründet es Michael. „Gebt 's zu, die Idee war gut, was?"

Bevor jemand antworten kann, geht die Tür auf, der Perlinger kommt heraus. Blitzartig brechen die Kinder das Spiel ab. Sie stecken die Köpfe zusammen und tuscheln.

„Ist er das?", fragt Thomas leise, an Michael gewandt.

„Das ist er", flüstert der zurück.

Perlinger ist ungekämmt, seine fast schwarzen Haare hängen in zottigen Strähnen herab. Auf seiner Nase sitzt eine Brille in einem schwarzen Gestell. Bekleidet ist er mit einer Jeans und einem T-Shirt, heute in Schwarz. Er beachtet die Kinder nicht, die etwa zehn Meter entfernt zusammenstehen. Er schließt sein Auto auf, steigt ein und startet den Wagen.

Die Kinder springen zu ihren Fahrrädern, jedem klopft das Herz vor Aufregung bis zum Hals. Ihr Gauner fährt die Steiermarkstraße in Richtung Osten, biegt an der Hauptstraße nach links ab und wartet ein paar Meter weiter an der Ampel, sein Blinklicht blinkt rechts.

„Lass uns nach rechts auf den Fahrradweg einbiegen", ruft Michael, „dann können wir schon ein Stück vorausfahren."

Und richtig, die Ampel springt auf Grün, das Auto fährt los in Richtung Krankenhaus und überholt die Drei. Die Kinder geben ihr Äußerstes und erreichen die große Ampelkreuzung gerade im letzten Moment, bevor die Lichtzeichen wieder auf Rot schalten.

„Wenn der nicht gleich irgendwo hält, sehe ich schwarz", ruft Thomas atemlos. Ihr zu Verfolgender ist bereits ein ganzes Stück voraus, für die drei Fahrradfahrer fast uneinholbar. Jetzt ordnet er sich rechts ein.

„Er will zu den Märkten, dann haben wir ihn wieder!", ruft Michael, der die kleine Gruppe anführt.

Und richtig, auf dem Parkplatz des Baumarktes finden sie ihn wieder. Sie stellen ihre Fahrräder ab und eilen, immer noch aus der Puste, in den Markt. Beinahe hätten sie ihn übersehen, denn er steht schon an der Kasse, als einzige Ware hält er ein großes Vorhängeschloss in der Hand.

„Habt ihr das gesehen? Er hat am linken Handgelenk eine Tätowierung", flüstert Christine.

Die beiden Jungen nicken aufgeregt.

Sie stöbern in den Zeitschriften in der Nähe der Kassen herum, die Kassiererin äugt bereits misstrauisch zu ihnen herüber.

Christine hebt ihre leeren Hände und ruft ihr fröhlich zu: „Wir haben nichts, wir wollen nur gucken!"

Sie folgen Perlinger, der mit dem neuen Schloss zu seinem Auto geht. Er biegt in den Drosselstieg ein und fährt auf den riesigen Parkplatz des großen Einkaufsmarktes.

Die beiden Jungen wollen ihm wieder in den Markt folgen, da hat Christine eine andere Idee. „Lasst uns doch hier draußen bleiben. Er muss auf jeden Fall zu seinem Auto zurückkommen, dann können wir auch sehen, was er in seinem Einkaufswagen hat, falls wir das wissen müssen."

„Für ein Mädchen ist das ein richtig guter Vorschlag", neckt Michael sie.

Christine lächelt mitleidig. „Jungs stecke ich doch leicht in die Tasche."

Thomas lacht und wendet sich an Christine. „Wir können froh sein, dass wir dich haben, Du wiegst so manchen Jungen auf."

Michael nickt. „War nur 'n Witz, außerdem bist Du viel hübscher als jeder Junge."

Christine schüttelt den Kopf. „Na, das will ich jetzt lieber nicht kommentieren."

Herr Perlinger kommt wieder zurück, Thomas und Michael liefern sich gerade ein Rennen mit zwei Einkaufswagen. Christine sieht unauffällig in den Korb des Gauners, es sind fast nur Lebensmittel, eine Kiste Bier, drei Tiefgefrierpizzas, ein paar Schachteln Zigaretten. „Ich denke, er fährt jetzt nach Hause, mit den gefrorenen Pizzas kommt er nicht weit."

„Gut kombiniert, wir fahren direkt zu ihm nach Hause", bestätigt Thomas.

Christine hatte recht: Als sie in der Straße eintreffen, parkt der Wagen von Herrn Perlinger vor dem Reihenhaus, der Motor knistert leise, er ist gerade angekommen.

„Was machen wir jetzt?", fragt Michael. „Wenn wir Pech haben, oder Glück, je nach dem, dann kommt er heute nicht mehr heraus."

Thomas zuckt mit den Schultern und sieht auf die Uhr. „Es ist gleich Mittag. Meine Mutter hat mir Essen hingestellt, das soll ich mir erwärmen. Ich warte noch bis um eins und fahre dann nach Hause." Er wendet sich an Christine. „Ist das bei dir auch so ähnlich?"

Sie nickt. „Es kann sein, dass mein Bruder das Essen warm macht, je nachdem, wer zuerst zu Hause ist."

„Und Du, Michael?" Thomas glaubt, die Antwort zu kennen.

„Das hängt davon ab, was für eine Schicht mein Vater hat. Ist es Spät- oder Nachtschicht, ist er mittags zu Hause, dann gibt es richtig Essen. Er hat gestern nichts gesagt, deshalb denke ich, dass er heute wieder arbeitet. Dann bin ich dran, mein kleiner Bruder ist auf mich angewiesen." Er sieht auf die Uhr. „Für den Fall sollte ich jetzt besser los, das dauert ein wenig. Vielleicht muss ich noch einkaufen." Er nimmt sein Fahrrad. „Tschüss! Wenn ich fertig bin, komm ich wieder her!" Er radelt davon, Thomas und Christine sehen ihm hinterher.

„Meinst Du, Michael würde gerne mal mit uns über seinen Vater und so reden?", überlegt Thomas laut.

„Ich weiß nicht…" erwidert Christine, „vielleicht ist es ihm unangenehm, wir können ja mal einen vorsichtigen Versuch machen, wenn es gerade passt. Einfach gar nichts zu sagen, finde ich auch nicht richtig."

Gerade zehn Minuten später kommt Herr Perlinger aus dem Haus, steigt in sein Auto und fährt ab. Thomas und Christine springen auf ihre Fahrräder und versuchen, ihm zu folgen. Der Weg geht zuerst durch die Stadt, die Thuner Straße entlang, dann in Richtung Bahnhof. Mit hängender Zunge stehen Thomas und Christine auf dem Fahrradweg an der Ampel, bei der Wärme so schnell zu fahren, ist keine Kleinigkeit.

Thomas sieht Christine besorgt an, sie wirkt so blass. „Wenn Du nicht mehr kannst, musst Du das sagen!"

„Bis jetzt geht es noch, ich sage Bescheid." So schnell wird sie sich nicht die Blöße geben, weniger leistungsfähig als ein Junge zu sein. Sie ist sportlich und fit, ein Auto zu verfolgen, ist jedoch sehr anstrengend, zumal sie nichts zu Trinken haben, die Limoflasche in der Fahrradtasche ist schon lange leer.

Die Ampel springt auf Grün, weiter geht die Fahrt. Der unscheinbare Wagen Perlingers überquert die Bahn über die Brücke und fährt am alten Stadtkern entlang in Richtung der Hansestraße. Viele neue Gebäude ortsansässiger Firmen verdeutlichen den Einfluss der Industrialisierung seit über zehn Jahren.

Wenn Perlingers Weg nicht mit so vielen Ampeln gespickt wäre, hätten sie den Wagen schon verloren. Als Fahrradfahrer stören die beiden sich nicht an den Lichtzeichen und können ungehindert radeln. Aber an der Ausfallstraße Richtung Stadersand und Drochtersen müssen sie das Handtuch werfen. Thomas gibt das Signal zum Halten.

Christine hält neben ihm. Sie keucht bereits heftig, sie hat die Füße am Boden und stützt sich auf den Lenker. „Das wurde höchste Zeit, jetzt kann ich nicht mehr."

Thomas wartet eine Weile, bis sie beide wieder normal atmen, dann fahren sie wieder zurück. Mit den Fahrrädern kann man kein Auto verfolgen, am besten wäre, sie hätten so ein tolles Gerät, wie bei James Bond. Mit einem Signalgeber am Auto und einem Bildschirm am Fahrrad. Er lächelt wehmütig vor sich hin, das ist leider Utopie. Doch seine Grübeleien sind nicht nutzlos, da war doch was? Richtig! „Sag mal, Christine, können wir noch kurz zum Fotoatelier von Herrn Senftleben fahren?"

„Klar, was willst Du denn da?"

„Ich habe da etwas gesehen - so etwas wie ein Funkgerät. Vielleicht können wir das ausleihen."

Das Geschäft Poggensiel & Partner liegt direkt an ihrem Nachhauseweg. Christine und Thomas stellen ihre Räder ab und betreten das Atelier. Eine Fotolaborantin steht hinter dem Tresen und sortiert Tüten mit Fotografien.

„Ist Herr Senftleben da?", erkundigt sich Thomas.

„Nein, tut mir leid. Er hat einen Auftrag in der Stadt. Kann ich ihm etwas ausrichten?"

„Nein, das ist schlecht zu erklären. Wann erwarten Sie ihn denn zurück?"

„Er wollte Hochzeitsaufnahmen auf der Insel machen, er wird wohl gegen Mittag zurück sein." Sie blickt auf die große Uhr, die an der Stirnseite des Ladens hängt. „Es ist ja fast ein Uhr, vielleicht kommt er bald. Wollt ihr einen Moment warten?"

Thomas sieht Christine an, sie nickt. „Einen Moment habe ich noch, dann muss mein Bruder eben mit dem Essen warten, wenn er denn überhaupt zu Hause ist."

Die Tür wird geöffnet, herein kommt der Fotograf Senftleben, begleitet von einem Assistenten. Er lächelt, als er seine jungen Detektive erkennt. „Schön, euch zu sehen! Braucht ihr wieder einen Auftrag?" Er stellt das Stativ mit der großformatigen Kamera ab. „Ihr wart doch sehr erfolgreich, nun habt ihr Blut geleckt, was?" Er lacht sie an.

„Wir glauben, einen der Bankräuber wiedererkannt zu haben. Die Polizei will nichts davon wissen, nun wollen wir es auf eigene Faust versuchen."

Herr Senftleben sieht seine jungen Gäste mit großen Augen an. „Du meine Güte. Stellt euch das nicht zu einfach vor, gefährlich kann das auch werden, diese Brüder kennen kein Pardon, wenn ihnen jemand in die Quere kommt! Ich helfe euch gerne, ihr müsst mir aber versprechen, vorsichtig zu sein."

Christine nickt. „Das werden wir sein. Ich habe es schon meinen Eltern versprechen müssen."

„Indianerehrenwort?"

„Natürlich" sagen die beiden im Chor.

„Also gut, was kann ich für euch tun?"

Thomas beginnt zu erklären. „Wir haben ein Problem damit, die Gauner zu verfolgen. Deshalb wollen wir eine Art Postenkette einrichten, wir müssen nur miteinander in Kontakt bleiben. Das letzte Mal habe ich hier etwas liegen sehen, das sah aus wie ein Funkgerät."

Herr Senftleben nickt. „Ich glaube, ich weiß, was Du meinst. Das war ein Walkie-Talkie, das benutzt mein Kollege bei manchen Aufnahmen, um seine Helfer zu dirigieren. Jetzt ist er in England unterwegs, die Geräte sind hier bei mir, kommt mit, ich zeige sie euch mal."

Die Walkie-Talkie Geräte gehören zu einem Satz mit vier Geräten, die sind etwa so groß wie eine doppelte Zigarettenschachtel, mit einer ausziehbaren Antenne.

Herr Senftleben lächelt Thomas an. „Nur zu, ich leihe sie dir, ich sehe doch, dass Du sie haben möchtest."

Thomas nimmt ein Gerät in die Hand. Ja, das wäre etwas, damit könnten sie sich an der mutmaßlichen Strecke postieren und sich gegenseitig informieren. Er nickt. „Das könnte mir gefallen. Können Sie die Geräte entbehren?"

„Doch, das wird gehen, auf jeden Fall für eine Woche, bis mein Partner zurück ist."

„Klasse!" Er dreht sich zu Christine, die bisher nichts dazu gesagt hat. „Was meinst Du dazu?"

„Ich glaube, ich habe noch nicht verstanden, was wir damit machen sollen."

„Das macht nichts, es ist am besten, wenn ich es dir mal vorführe." Thomas sieht Herrn Senftleben an. „Können wir die

Geräte schon mitnehmen? Wenn es möglich ist, würde ich gerne drei nehmen."

Herr Senftleben bemerkt die leuchtenden Augen des Jungen, „natürlich, nimm sie mit. Ich hole dir nur noch eine Tragetasche." Es dauert einen Moment, bis er zurückkommt. „Hier bitte, ich habe noch die Gebrauchsanweisung beigelegt, aber das ist nicht schwierig. Die Batterien sind wohl noch voll genug, da braucht ihr noch keine neuen."

Freudestrahlend bedankt sich Thomas überschwänglich und verlässt in bester Laune das Atelier. Er hält die Tüte vorsichtig mit einer Hand, mit der anderen lenkt er sein Fahrrad. „Wir werden nachher mit Michael zusammen die Geräte ausprobieren, wir müssen üben, wie man damit umgeht, Reichweite und so", ruft er Christine zu.

Am Beginn der Horststraße trennt sich seine Freundin von ihm. „Ich muss erst einmal nach Hause und sehen, was mit dem Mittagessen passiert ist. Ich kann ja mit Michael am Nachmittag zu dir kommen."

„Guten Appetit!", lacht Thomas. Er muss nur aufwärmen, was ihm die Mutter hingestellt hat.

Er ist gerade fertig – es gab eine Gemüsesuppe mit Bockwurst – da trifft Michael bei ihm ein. Freudestrahlend zeigt er ihm die drei Walkie-Talkies. „Sieh mal, die haben wir von Herrn Senftleben geliehen bekommen."

„Ey, Wahnsinn!... Wofür brauchen wir die?"

Thomas verdreht die Augen. „Wenn Christine kommt, habe ich allerlei zu erklären." Dann, nach einer kurzen Pause. „Hast Du was von ihr gesehen?"

„Nein, soll ich mal hinfahren und gucken, wo sie bleibt?"

Genau in dem Moment kommt sie angeradelt. „Hallo! Da bin ich. Wartet ihr schon lange?"

„Nein, Du kommst genau richtig. Jetzt können wir mit den Geräten ein bisschen rumprobieren."

Sie setzen sich an den Tisch im Garten. Thomas nimmt die schwarzen Kästchen aus der Tragetasche und legt je eines vor jeden von ihnen hin. Er nimmt die Gebrauchsanweisung ebenfalls aus der Tüte und blättert darin herum.

„Schaltet euer Gerät mal ein". Der nächste Schritt ist das Einstellen des Kanals, es gibt den Kanal A und B. „So, jetzt kann es losgehen. Ich drücke jetzt auf die Sprechtaste und ihr achtet darauf, ob ihr etwas hört." Thomas steht auf und geht mit seinem Walkie-Talkie an das Ende des Gartens. Er drückt die Sprechtaste. „Hallo! Hört ihr mich?"

„Ja, wir hören dich!", klingen die Rufe der beiden durch den Garten.

„So doch nicht!", ruft er zurück, „ihr müsst die Sprechtaste drücken und in das Mikrofon sprechen!" Er geht zum Tisch zurück. „Ihr habt irgendwie nicht verstanden, um was es hier geht, etwas zurufen können wir uns auch ohne diese Dinger", und zeigt ihnen, wie sie es machen müssen. „Ich schlage vor, dass sich jetzt Christine an das Ende des Gartens stellt und wir sprechen mit ihr", sagt Thomas.

„Ja!" Ruft sie aufgeregt und hüpft beim Laufen in langen Sätzen über den Rasen. Es klappt einwandfrei, sie hat das Prinzip jetzt verstanden. Dann ist Michael dran, auch bei ihm klappt es auf Anhieb. „Das war eierleicht", erklärt er, als er zurückkommt.

Thomas ist zufrieden, der erste Schritt ist geschafft. „Wir müssen noch die Reichweite ausfindig machen." Er blättert in der Bedienungsanleitung. „Hier steht fünf Kilometer, das ist gut, obwohl in so einer Anleitung oft übertrieben wird." Er sieht seine Freunde an. „Ich habe mir gedacht, dass wir uns an der Strecke Richtung Drochtersen postieren. Einer steht vor dem Haus in der Steiermarkstraße, der andere an der Kreuzung zum Alten Land, der dritte an dem Abzweig nach Drochtersen. Wenn er so fährt, wie das letzte Mal, sollte es so hinkommen."

„Damit kennen wir aber noch nicht sein Ziel", wirft Michael ein.

„Nein, wir müssen uns an einem anderen Tag an dem Abzweig nach Stadersand und Bützfleth aufstellen, dann wieder in Assel oder Drochtersen, irgendwann haben wir ihn."

„Natürlich nur, wenn er brav jeden Tag denselben Weg fährt."

„Oha, wenn er mal ein anderes Ziel hat, kann das dauern", wirft Christine ein.

„Tja, das ist dann Pech. Solange wir ihn nur mit Fahrrädern verfolgen können, bleibt uns nichts anderes übrig."

„Ich denke, wir legen einfach los, spannend wird es von alleine", Michael möchte am liebsten sofort anfangen.

Der nächste Tag ist der erste Schultag nach den Sommerferien. Thomas und Christine besuchen beide das Gymnasium Athenaeum in der Harsefelder Straße, sie gehen sogar in die gleiche Klasse, die achte Klasse mit Studienrat Ockelmann als Klassenlehrer.

Michael besucht die Realschule Camper Höhe. Die ist gerade ein paar hundert Meter vom Athenaeum entfernt. Er wäre auch gerne auf dem Gymnasium, schon deshalb, weil dort auch Christine ist. Aber er, oder besser sein Vater, hat sich für die Realschule entschieden, weil er eben nicht ganz so hell ist, wie Thomas oder Christine, seine Stärken sind stattdessen ganz eindeutig Sport und handwerkliches Geschick.

Die drei wollen sich nach der Schule wieder bei Thomas treffen. Am ersten Schultag nach den großen Ferien gibt es meist nicht viele Hausaufgaben.

Am Nachmittag stellen sich die drei mit ihren Funkgeräten wie besprochen auf. Thomas steht in der Nähe des Hauses in der Steiermarkstraße. Das Auto parkt davor, Perlinger ist demnach zu Hause. Christine fährt mit dem Rad zur Kreuzung Beim Salztor, Michael radelt zu der Ampel an der nördlichen Ausfallstraße.

Sie brauchen nicht lange zu warten. Am frühen Nachmittag verlässt Herr Perlinger das Haus und steigt in sein Auto. Thomas legt das Buch, in dem er gelesen hat, aus der Hand und steckt es in die Tasche am Fahrrad. „Er ist gerade losgefahren! Over", spricht er mit gedämpfter Stimme in das Funkgerät. Das »Over« hat er in zig Romanen und Filmen aufgeschnappt. Es ist wichtig, damit der Detektiv am anderen Ende der Verbindung weiß, dass nun er oder sie mit einer Antwort dran ist. Er lässt die Sprechtaste los, nur einen Moment später hört er das „Okay, over", seiner Freunde. Er steigt auf sein Rad und fährt los, sie wollten sich alle an Michaels Standort am Ende der Stadt treffen. Mit klopfendem Herzen fährt er durch die Straßen. Ob es wohl so klappt, wie er es sich ausgemalt hat? Während er fährt, hört er das Gerät in seiner Hosentasche summen. Es knackt etwas, dann hört er die Stimme von ihrer Freundin.

„Er ist gerade durch, er fährt zu dir, Michael!" Dann: „Oh, Tschuldigung, over!"

Thomas grinst und nickt, das scheint zu klappen.

Von Weitem kann er die Fahrräder von Michael und Christine erkennen. Die beiden stehen daneben und unterhalten sich.

Michael hat Thomas kommen sehen und geht auf ihn zu. „Vor vielleicht fünf Minuten ist er hier vorbeigefahren!" Er ist aufgeregt, so wie sie alle. „Was machen wir jetzt?"

„Wir könnten noch bis nach Brunshausen, beziehungsweise Stadersand fahren", schlägt Christine vor. „Dort kann er sein Auto nicht verstecken und wir wissen sicher, ob er in Richtung Bützfleth weitergefahren ist."

„Mensch, Klasse! Das ist eine Super Idee!", Michael gibt ihr einen leichten Stups auf den Arm.

Die drei fahren wieder los. Stadersand liegt am Ende der Schwinge, dort, wo sie in die Elbe einmündet. Von dem ehemaligen Ort Brunshausen gibt es nicht einmal mehr ein Ortsschild, Industrieanlagen säumen die Straße auf beiden Seiten. Sie untersuchen sorgfältig die Parkplätze, von dem heruntergekommenen Auto ist weit und breit nichts zu sehen, auch auf dem Parkplatz an der Elbe am Ende der Straße, ist das Auto nicht zu finden.

Die drei stellen ihre Fahrräder ab und betreten den Anleger Stadersand. In der Ferne auf der Elbe ist ein großes Containerschiff zu sehen, bunt zusammengewürfelt sind hunderte Container zu erkennen. Bei jetzt auflaufendem Wasser strömt gluckernd das trübe Elbwasser an den Dalben vorbei. Eine Lachmöwe kommt angeflogen und landet auf dem Geländer des Anlegers. Ein kleiner Frachter mit grau gestrichenem Rumpf und weißen Aufbauten fährt vorbei. Michael lehnt an der Reling und sieht träumerisch dem Schiff hinterher. „Ich glaube, ich werde lieber Kapitän als Autoschlosser. In ferne Länder fahren, die Welt kennenlernen, das könnte mir gefallen."

„Täusch dich nicht", entgegnet Thomas. „Die Fahrpläne sind heute so knapp kalkuliert, dass Du gar keine Zeit hast, dir das Land oder auch nur die Hafenstadt anzusehen, in der Du gerade liegst."

„Ich weiß, aber träumen darf man doch." Er sieht mit halb geöffneten Augen in den blauen Himmel hinauf, in dem wenige weiße Wolken wie Wattebäuschen schweben. Er murmelt leise: „Yokohama, Hawaii, Timbuktu, San Francisco, das klingt so verlockend."

„Nach Timbuktu wirst Du als Kapitän kaum kommen", wirft Christine trocken ein. „Das liegt mitten in der Wüste."

Thomas lacht prustend.

„Hm, Du hast in Erdkunde wohl besser aufgepasst als ich", erwidert Michael mit einem Lachen.

„Wir werden vorerst unsere Abenteuer hier bestehen müssen", unterbricht Thomas ihr Gespräch. „Was werden wir morgen machen? Sollten wir einen Beobachter vor Bützfleth und einen dahinter postieren, um zu sehen, wie weit er fährt?"

„Vielleicht fährt das Auto bis nach Wischhafen, oder noch weiter? Dann werden wir die nie finden", orakelt Michael.

„Ich habe mir heute Morgen den Kilometerstand gemerkt. Am Abend werde ich sehen, wie weit er heute gefahren ist", erklärt Thomas.

„Das ist gut", freut sich Christine, „dann finden wir die Gauner ganz einfach!"

„Na ja, einfach würde ich das nicht nennen. Aber wir können dann leichter überblicken, wo zum Teufel, dieser Perlinger hinfährt."

Christine lehnt jetzt am Geländer mit dem Rücken zum Wasser und blickt zum Deich hinüber. Ihr Blick fällt auf die beiden Leuchttürme und die grau gestrichenen Chemieanlagen, deren Destillationstürme sich hinter dem Deich hoch in die milde Luft recken. „Mein Vater hat mir erzählt, dass hier früher nur Landwirtschaft war und man an einem Strand baden konnte."

„Ja, und jetzt haben wir Industrie und Verbrecher", kombiniert Michael drauflos.

„Bring jetzt nichts durcheinander", bemerkt Thomas.

„Na, ja. Ohne die Industrie wäre vielleicht nicht genug Geld in der Volksbank gewesen, Gehälter und so."

Michael hat schon irgendwie recht, in alten Zeiten hätte sich ein Banküberfall wahrscheinlich nicht gelohnt.

Einige Jollen segeln an ihnen vorbei, fast lautlos gleiten sie durch das Wasser der Elbe. „Das könnte ich mir gut vorstellen, wenn ich mal erwachsen bin", spekuliert Christine. „Das Segelboot könnte dann am Bootshafen an der Schwinge liegen. Wenn ich am Abend oder am Wochenende Zeit habe, würde ich dorthin fahren und ein wenig umhersegeln."

„Das wird wohl noch etwas warten müssen. Du musst erst einen Beruf erlernen, damit Du dir so ein Boot kaufen kannst." Michael sieht es vernünftig. „Was willst Du nach der Schule machen?"

„Ich weiß nicht." Sie zieht ihre Stirn kraus. „Vielleicht Kriminalkommissar, so wie mein Vater."

„Dürfen Frauen das überhaupt werden?", fragt Michael.

„Jetzt hört ja wohl alles auf!" Sie zieht ihre Augenbrauen zusammen, stemmt ihre Fäuste in die Taille und sieht ihn finster an.

„Ich mein ja nur, es gibt bestimmt nur wenige weibliche Kommissare", lenkt er ein.

„Vielleicht werde ich ganz was anderes. Ich könnte mir auch Reporterin gut vorstellen."

„Oh ja, dann werde ich Fotograf, so wie der Senftleben, dann arbeiten wir zusammen."

„Wolltest Du nicht Kraftfahrzeugmechaniker werden? Oder Kapitän?"

„Schon, ich kann es mir noch überlegen, Du bist ja auch noch nicht Reporterin." Michael wendet sich an Thomas, der dem Gespräch der beiden bisher ohne Kommentar gelauscht hat. „Was willst Du denn einmal werden?"

Thomas grinst. „Was für eine Frage. Ich werde Verbrecher fangen, entweder als Detektiv oder als Kommissar."

„Ich glaube, das meinst Du wirklich." Michael sieht ihn mit großen Augen an.

„Natürlich, es sind noch ein paar Jahre hin, aber jetzt bin ich mir ganz sicher." Er stößt sich vom Geländer ab, an das er eben gelehnt hatte. „So, genug gequatscht, lasst uns nach Hause fahren."

Gemütlich fahren die drei zurück in die Stadt, während des Radelns unterhalten sie sich und schmieden Pläne für den nächsten Tag.

Am späten Abend fährt Thomas zur Wohnung des Herrn Perlinger in der Steiermarkstraße. Das Auto steht auf einem Parkplatz in der Nähe der Wohnung. Er linst durch die Scheibe an der linken Seite des Wagens und notiert sich den Kilometerstand. Zufrieden radelt er wieder nach Hause und schlägt eine Landkarte auf. 25 Kilometer hat er sich zwischen gestern und heute ausgerechnet, also etwa 12 Kilometer für eine Fahrtstrecke. Er schiebt ein Lineal auf der Karte herum und rechnet auf einem Zettel. Die Entfernung bis zum Abzweig in Hörne beträgt, wenn er sich nicht verrechnet hat, 5,2 Kilometer. Demnach ist er ab dort noch 7,3 Kilometer weitergefahren.

Thomas schiebt das Lineal hin und her und zählt die Kilometer möglicher Strecken zusammen. Nach seinen Berechnungen kann er nur bis Barnkrug gefahren sein. Assel oder gar Drochtersen sind zu weit weg. Es sollte nicht so schwierig sein, in den kleinen Orten das Auto wiederzufinden, sie könnten sich aufteilen, dann dauert es nicht so lange.

Morgen ist Sonnabend und keine Schule, sodass sie sich gleich nach dem Frühstück bei Christine im Garten treffen können. Sie wohnt mit ihren Eltern in einem Sackgassenteil der Horststraße, fast direkt am Horstsee. Als Thomas bei Christine eintrifft, ist Michael schon da. Es ist noch recht kühl, so früh am Tag, deshalb haben die Zwei den Gartentisch in die Sonne gestellt, Christine kommt gerade mit einem Tablett aus dem Haus, drei Gläser und ein Tetrapack Milch stehen darauf.

„Mmmh! Christine! Dich werde ich heiraten, wenn ich groß bin", neckt Michael sie, er weiß genau, dass sie das nicht hören will.

„Vielleicht suche ich mir bis dahin ganz jemand anderen!"

„So, ihr zwei, konzentriert euch jetzt auf eure Aufgabe." Thomas breitet die Landkarte, auf der er gestern Abend so lange herum gemessen hat, auf dem Tisch aus. „Unser Mann ist gestern etwa 12 Kilometer gefahren – einfache Fahrt - das reicht bis knapp hinter Bützfleth, aber nicht viel weiter." Er zeigt mit dem Finger auf eine der Bleistiftstriche auf der Karte. „Das könnte Barnkrug sein, oder Abbenfleth."

„Was ist mit Assel? Das ist doch nicht viel weiter?", Christine stützt ihren blonden Kopf auf die Hände.

„Nein, das wäre schon zu weit", korrigiert sie Thomas.

„Kann es nicht auch irgendwo in der Nähe sein?" Michael beugt sich tief über die Karte, um die kleinen Straßen erkennen zu können.

„Mag sein, aber es gibt da nicht viele Möglichkeiten. Auf der rechten Seite des Obstmarschenweges ist nur Marsch, links gibt es nur Wiesen, da wohnt praktisch niemand." Thomas hat sich sorgfältig mit der Karte beschäftigt. „Das Problem mit dem Walkie-Talkie ist, dass der Funk nicht weit genug reicht. Wir könnten uns aufteilen und einen Ort untersuchen. Wer etwas findet, informiert dann die anderen."

„Das finde ich gut, das klingt einfach", kommentiert Christine den Vorschlag.

„Gut. Ich fahre mal kurz zu seiner Wohnung, um zu sehen, ob er schon fort ist." Thomas steckt jetzt voller Energie, so langsam nimmt ihre Beobachtung Form an. „Bis gleich, es dauert nur ein paar Minuten."

Es ist so, wie er vermutet hatte, das Auto von Herrn Perlinger steht nicht mehr an seinem Platz, Thomas radelt zu seinen Freunden zurück.

Christine hat den Tisch leer geräumt und steht mit Michael schon bei den Fahrrädern. Jeder der beiden trägt ein Walkie-Talkie in einer Umhängetasche. Thomas braucht nicht zu warten, die drei setzen sich gemeinsam in Bewegung. Diesmal fahren sie auf dem Radweg durch die Wiesen, der hier dem Lauf der Schwinge folgt, sie meinen den Weg des Diebes zu kennen und folgen der schönen Strecke durch das Flusstal.

An der Wallstraße erreichen sie wieder die Straßen der kleinen Stadt. Christine ruft den anderen zu: "Lasst uns doch am Kino vorbeifahren und in den Schaukasten gucken. Wir könnten doch auch mal eine Vorstellung besuchen."

„Oh ja, am Sonntagnachmittag gibt es immer eine vergünstigte Jugendvorstellung", weiß Michael.

In einem verglasten Kasten neben der Tür ist ein Aushang mit den geplanten Vorführungen, die drei stellen sich davor und drücken ihre Nasen an die Scheibe.

„Ey, morgen, am Sonntag gibt es »Das Imperium schlägt zurück«. Ich kenne Teil eins, deshalb würde ich mir den gerne ansehen." Michaels Augen leuchten, hat er vielleicht nicht bedacht, dass der Kinobesuch 2,50 Mark kostet?

„Das wäre nicht schlecht, ich komme auf jeden Fall mit", ergänzt Thomas. Er zeigt mit dem Finger auf die Glasscheibe. „Aber seht mal da, nächste Woche gibt es »Mord an der

Themse« mit Sherlock Holmes. Das würde mich viel mehr interessieren, vielleicht können wir noch ein paar Dinge lernen."

„Ja, da komme ich auch mit", wirft jetzt Christine ein.

Allerbester Laune radeln sie los und diskutieren dabei, welchen Film sie sich lieber ansehen mögen. Mit einem Mal ruft Christine laut: „Seht mal da! Ist das nicht das Auto?"

Auf dem Parkplatz des zugeschütteten ehemaligen Scheruhn Teiches steht neben vielen anderen Wagen ein bronzefarbener Ford Escort. Die drei lenken ihre Fahrräder auf den Parkplatz und halten in der Nähe des Autos. Es ist Perlingers Wagen, das Kennzeichen stimmt, ebenso wie die rote Schramme am hinteren linken Kotflügel.

„Was macht der hier wohl? Ist er vielleicht nur einkaufen und kommt gleich zurück?", sinniert Michael.

„Wir müssen das jetzt richtig organisieren, wir können ja nicht in jeden Laden reingehen und nachgucken", in Thomas Kopf arbeiten die kleinen grauen Zellen unter Hochdruck. „Ich schlage vor, ich bleibe hier und beobachte den Wagen, ihr könnt euch in der Stadt umsehen. Wer ihn zuerst sieht, gibt den anderen per Funk Bescheid."

Thomas setzt sich an den Rand des Parkplatzes auf die grasbewachsene Böschung, Michael und Christine schlendern am Gebäude der Stadtwerke vorbei in Richtung des Schwedenspeicher-Museums in die Stadt hinein.

Das Walkie-Talkie von Thomas summt. Wie elektrisiert greift er danach und drückt auf die Rufannahme-Taste. Es ist Christine, mit vor Aufregung heiserer Stimme hört er sie flüstern. „Thomas, Du musst kommen. Schnell! Wir sind am alten Hafen." Das »over« hat sie in der Hektik vergessen.

Sein erster Impuls ist, das Gerät zurück in die Tasche zu stecken, er besinnt sich kurz, drückt die Antworttaste und ruft „Ich komme! Over!"

Was wohl passiert ist? Er schnappt sich sein Fahrrad und fährt das kurze Stück bis zum ausgemauerten Teil der Schwinge. Er hat keine Augen für die hübsch hergerichteten, alten Häuser, die den gebogenen Lauf des Flusses säumen, der schon lange nicht mehr als Hafen genutzt wird. Ein historischer Schiffsnachbau aus Holz mit Gaffelsegel erfüllt hier eine Alibifunktion. Ebenso der hölzerne Kran, der nicht annähernd so alt ist, wie er aussieht. Er beherbergt im Inneren statt hölzerner Treträder ein touristisches Informationszentrum.

Michael und Christine sitzen auf der Terrasse eines Cafés an einem Tisch am Geländer direkt am Wasser. Sie zwingen sich zur Ruhe, am liebsten würden sie aufspringen und vor Aufregung auf und ab hopsen. Thomas stellt sein Fahrrad auf den Seitenständer und setzt sich zu ihnen. „Was ist denn los?", fragt er leise. Die beiden haben ihm signalisiert, die Stimme zu dämpfen.

Christine zeigt mit der Hand hinter sich, mit den Augen macht sie ihm deutlich, dass er bitte dahin blicken möge.

Thomas blickt zum Nachbartisch. Dort sitzen Herr Perlinger und zwei weitere Männer. Der eine der beiden ist groß, hat schwarze Haare und ein finsteres Gesicht. Der Zweite ist mittelgroß, hat dunkelblonde Haare und leuchtend blaue Augen. Es sind die Bankräuber! Oha! Jetzt dürfen sie sich in keiner Weise auffällig benehmen. Doch Thomas fasst sich schnell, als gewiefter Verbrecherschreck muss man so einer Situation gewachsen sein. Er steht auf und blickt seine Freunde an. „Ich geh mal zu Bestellung ins Lokal. Was soll ich für euch mitbringen?"

Christine möchte nur eine Cola, Michael eine Waffel mit zwei Kugeln Eis. Mit klopfendem Herzen wendet sich Thomas ab und betritt möglichst lässig die Gaststätte im Souterrain des Hauses. An der Tür dreht er sich noch einmal um und beobachtet die Szenerie am Wasser. Michael und Christine an einem Tisch, am Nebentisch die drei Verbrecher. Sie müssen sich jetzt etwas Harmloses ausdenken, damit sie sich nicht von anderen Jugendlichen unterscheiden und die Gauner nicht aufmerksam werden.

Ein paar Minuten später ist er mit der Bestellung zurück, für sich hat er auch ein Eis gekauft. Als Beschäftigung hat er sich auch etwas ausgedacht. „So, ihr zwei. Hier ist das Eis für Michael und die Cola für Christine." Er stellt das Gewünschte ab und greift in seinen Beutel. Er holt sein Notizbuch hervor und reißt drei Zettel heraus. „Ich habe einen Kugelschreiber und einen Bleistift. Wir brauchen noch einen weiteren Stift."

„Ich habe einen!" Christine, natürlich. Sie ist ordentlich und gewissenhaft und die Jungs profitieren oft davon.

„Ich habe mir gedacht, wir spielen ein paar Runden »Name, Stadt, Land, Fluss«. Wobei ich bei Name gerne den Namen eines Ermittlers hätte."

„Klar, damit bist Du gleich im Vorteil", beschwert sich Michael.

Thomas winkt ab: „Du kennst die meisten Ermittler auch, also entspann dich."

„Dass wir bei S und Fluss nicht alle Schwinge schreiben", ergänzt Christine kichernd.

„Nein! Es gibt doch genügend Flüsse mit S, zum Beispiel Saale, oder Spree, Selbe, Soder und so weiter." Michael sticht mal wieder der Hafer.

Thomas konzentriert sich auf das, was neben ihnen gesprochen wird. Das ist ein Vorteil des Spiels, es gibt viel ruhige Zeit zum Nachdenken und zum Lauschen.

Christine sagt für sich lautlos das Alphabet auf, Michael stopp sie. Es wird ein L, die drei beugen sich über ihren Zettel, in Gedanken versunken.

Thomas hat seine Ohren und seine Gedanken bei den Nachbarn. Die sprechen leise miteinander, ab und zu fängt er ein Wort auf. Einer der drei Geldräuber geht zum Lokal hinüber, der Große und Perlinger sitzen jetzt alleine vor ihrem Bier.

„Fahren wir gleich nach Bremervörde?", fragt Letzterer.

Der Große sieht ihn finster an. „Vielleicht brüllst Du das noch lauter hinaus!" Dann wird er leise und ist kaum noch zu verstehen. „Wir werden das heute ausbaldowern, das muss aber nicht jeder mitbekommen", zischt er seinem Gegenüber zu.

Der dritte Gauner kommt zurück und setzt sich zu ihnen, er sieht den Großen von ihnen an. „Ich möchte jetzt aber doch wissen, wo Du das Geld versteckt hast."

Der Anführer sieht ihn finster an. „Seit wann traust Du mir nicht mehr? Glaubst Du, ich verschwinde damit über alle Berge?"

„Das nicht gerade. Aber es ist schließlich unser Geld, das gehört mir genauso wie dir."

Der Große antwortet leise aber deutlich: „Ich habe es in der Festung Grauerort versteckt. Das Gelände ist komplett eingezäunt, da treibt sich niemand rum. Falls doch die Schmiere bei deiner Schwester in Abbenfleth auftauchen sollte, werden sie da nichts finden."

„Grauer Ort, aha, davon würde ich mich ganz gerne vor Ort überzeugen", bohrt Gerhard Völkner, »Blauauge«, nach.

„Jetzt schlägt es aber 13!" Zischt er sein Gegenüber an, „Wenn Du mir so wenig traust, warum hast Du dann überhaupt mit mir gearbeitet?" Er ist sichtlich verärgert. Dann zwingt er sich zur Ruhe. „Aber gut, morgen oder übermorgen fahren wir hin, dann zeige ich euch das Versteck. Ich mach das nur, weil ihr so gute Freunde seid, eigentlich bin ich gekränkt, weil ihr mir nicht vertraut."

„Von Abbenfleth nach Grauerort ist es nur ein Katzensprung, das haben wir schnell erledigt", wirft jetzt der dritte, der Perlinger, ein.

Was für einen Namen hast Du bei »L«?", fragt Michael, an Thomas gewandt.

Huch! Er war mit seinen Ohren und Gedanken vollständig bei seinen Nachbarn gewesen, sein Zettel ist noch völlig leer. „Äh, ich habe nichts", murmelt er vor sich hin, seine Aufmerksamkeit galt bis eben den Vorgängen am Nachbartisch.

Dort werden Stühle gerückt, die Männer erheben sich und verlassen den hübschen Platz am Wasser. Thomas sieht ihnen hinterher, als sie weit genug entfernt sind, um sie nicht mehr hören zu können, fragt er seine Freunde: „Habt ihr mitbekommen, was die miteinander gesprochen haben?"

Die beiden sehen sich an, dann besinnt sich Christine. „Doch, ab und zu habe ich etwas verstanden."

Die drei versuchen, sich zu erinnern, nach und nach fallen ihnen immer mehr Bröckchen ein. Zwei Worte, die öfter auftauchten, waren Abbenfleth und Grauerort. Auch an die Namen können sie sich erinnern. Perlinger wurde mit Holger angesprochen, der Große mit Dieter und der Blauäugige mit Gerd.

Thomas schreibt alles nieder, das ist sehr wichtig. Aus dem Lokal kommt die Bedienung mit einem Tablett, offenbar will sie den Tisch, an dem die Gauner gesessen haben, abdecken. Thomas hat eine Idee. „Stopp, einen Moment bitte!" Er geht auf die Bedienung zu. „Können wir die Gläser für einen Tag mitnehmen?"

Die Frau mit der Schürze und der Lockenfrisur sieht ihn skeptisch an. „Was willst Du denn damit?"

„Ja, wissen Sie. Es ist eine Art Wette, ich soll Fingerabdrücke abnehmen und wir sollen unsere Bekannten später zuordnen."

„Du willst mich wohl verkohlen?"

„Nein, ganz im Ernst. Ich könnte Ihnen auch ein Pfand hinterlegen, vielleicht fünf Mark. Morgen bekommen Sie die Gläser blitzblank wieder zurück." Thomas hofft inständig, dass die Kellnerin zustimmt, Fingerabdrücke von den Gaunern wären der Knüller, das könnte kein Polizeibeamter ignorieren.

Jetzt lächelt die Bedienung. „Ist gut, mein Junge, ich will mal nicht so sein. Wenn Du die Gläser morgen sauber gewaschen zurückbringst, kannst Du sie mitnehmen."

„Klasse! Vielen Dank." Thomas ist überglücklich. Als die Kellnerin wieder auf dem Weg ins Haus ist, fischt er sein Notizbuch wieder hervor, und markiert die Position der Gläser, als auch den Typ Glas auf dem Tisch, damit er die Abdrücke später den Personen zuordnen kann, die sie benutzt haben. „So, ihr zwei, jeder nimmt sich jetzt vorsichtig ein Glas und fasst es nur am Rand an", wendet er sich an Michael und Christine.

Vorsichtig legt jeder ein Glas in seine Tasche oder Beutel, dann fahren sie zu Thomas nach Hause. Der überlegt auf der Fahrt schon, wie er wohl die Fingerabdrücke am besten sichert. Er hat sich das Zubehör schon vor einem Monat besorgt und mit seinen eigenen Abdrücken ein bisschen experimentiert, aber dies sind echte Ganoven, sozusagen ein Ernstfall.

Jeder von ihnen stellt sein Glas vorsichtig in die Küche, dann verabschieden sich Christine und Michael und überlassen Thomas seinen kriminaltechnischen Untersuchungen.

Zu Hause stürzt Thomas in sein Zimmer, um das Grafitpulver, den Klebefilm und den Pinsel zu holen. In der nächsten Stunde sitzt er konzentriert vor den Gläsern und verteilt behutsam, mit den dünnen Borsten des Pinsels das Grafitpulver auf dem Glas. Dann drückt er vorsichtig einen Streifen Klebefilm gegen das Glas, löst ihn wieder ab und klebt ihn auf ein weißes Blatt Papier. Fast ehrfürchtig mustert er seine ersten Abdrücke. Er notiert die Namen, soweit bekannt, und die Beschreibung dazu, dann ist auch dieser Schritt abgeschlossen.

Am nächsten Tag hat das Wetter sein Gesicht verändert. Der Sonnenschein, der seit Wochen vom Himmel strahlte, scheint vorerst vorbei zu sein. Dunkle Wolken ziehen über einen grauen Himmel. Noch ist es trocken, aber wird es so bleiben? Thomas holt sich seinen Regenumhang aus dem Kleiderschrank.

Er ist gerade damit fertig, da hört er Stimmen vor der Tür. Es sind, wie nicht anders zu erwarten, Michael und Christine. Michael hat den weitesten Weg, etwa 600 Meter, und fährt immer einen kleinen Umweg, um Christine abzuholen.

„Ich habe noch mal darüber nachgedacht, was die drei Gauner gestern gesagt haben", beginnt Michael.

„Sehr gut, wir vergleichen es mit dem, was Christine und ich verstanden haben." Thomas hat wieder sein Notizbuch in der Hand.

„Ja, es war Abbenfleth, da bin ich ganz sicher. Der eine hat da eine Schwester. Ich glaube, es ist der mit den blauen Augen, also dieser Gerd." Michael ist sichtbar stolz, dass er etwas betragen kann.

„Dann scheint der Dritte, der Dieter, dort eine Unterkunft zu haben", ergänzt Christine.

Thomas notiert sich eifrig jedes Detail. „Wie passt da jetzt Grauerort hinein?", möchte er wissen.

„Tja, da war irgendwas mit Geld, genau habe ich es aber nicht verstanden. Aber irgendwie war es ihnen wichtig."

„Ich schlage vor, wir fahren nach Abbenfleth. Vielleicht finden wird dieses Auto wieder, dann fahren wir weiter zur alten Festung, die ist dann nicht mehr weit", Thomas hat wieder die Führung übernommen. „Ich muss ohnehin zur Gaststätte am alten Hafen, die Gläser abgeben."

„Lass doch mal die Fingerabdrücke sehen", schlägt Michael vor.

„Ja, genau, die möchte ich auch sehen", echot Christine.

Stolz zeigt Thomas seine ersten, selbst präparierten Abdrücke wie einen Schatz vor. Wie von ihm erhofft, sind die beiden sehr beeindruckt.

Ein seltsames Geräusch dringt von draußen herein. Es ist ein kräftiger Schauer, dessen schwere Tropfen die Blätter der Bäume zum Tanzen bringen und gegen die Fensterscheiben prasseln. Es ist lange her, dass es das letzte Mal geregnet hat, die Kinder hatten ganz vergessen, wie sich das anhört. Dunkel ist es geworden, Thomas muss das Licht einschalten. Ein Blitz erhellt die fahle Dunkelheit, wenige Sekunden später kracht der Donner hinterher.

Christine blickt erschrocken in das Unwetter.

„Du hast doch nicht etwa Angst?", sorgt sich Michael.

„Doch, ein bisschen. Das Problem ist, das ich mich dem Gewitter so schutzlos ausgeliefert vorkomme. Ich kann nur abwarten und muss hoffen, dass nichts passiert."

„Was soll hier im Haus schon passieren, draußen, im Freien, ist das viel gefährlicher", beruhigt sie Michael.

„Was haltet ihr davon, wenn wir etwas spielen?", fragt Thomas. „Ich habe Monopoly und Mensch-ärgere-dich-nicht."

Michael und Christine wollen Mensch-ärgere-dich-nicht spielen, bald sitzen sie lachend um den Tisch in der Küche. Michael gewinnt immer wieder, er würfelt eine Sechs nach der anderen. Selbst ein Wechsel des Würfels ändert daran kaum etwas. Sie sind so in ihr Spiel vertieft, dass sie lange Zeit nicht bemerken, dass der Regen aufgehört hat und die Sonne wieder hervorkommt.

„Hee, die Sonne scheint", bemerkt Thomas plötzlich. Es ist fast zwölf Uhr, Zeit zum Mittagessen.

„Wir können uns um 14:00 Uhr wieder hier treffen", schlägt Michael vor. Seine Gedanken sind jetzt bei seinem jüngeren Bruder, den darf er nicht vernachlässigen, wenigstens der Kleine soll das Gefühl haben, dass sich jemand für ihn zuständig fühlt.

Die alte Festung

Etwas quäkend hallt die kleine Trompete über die Festung, das Echo wird von den mächtigen Schutzwällen zurückgeworfen.

„Stillgestanden!"

Die kleine Mannschaft zuckt und ruckt, die Körper strecken sich und bilden eine gerade Linie, der harte, preußische Drill zeigt Wirkung.

„Männer! Auch heute ist es unsere wichtigste Aufgabe, keine französischen Kriegsschiffe und Kanonenboote nach Hamburg durchzulassen. Feldwebel, wie weit sind Sie mit der Inspektion der Kanonen?"

„Die Kanone ist feuerbereit, Munition ist ausreichend vorhanden. Wenn Sie gestatten, Herr Major, wollte ich heute Visier- und Zielübungen durchführen lassen."

„Sehr gute Idee, Feldwebel. Diese Froschfresser sollen merken, dass sie es mit einer hervorragend gedrillten Mannschaft zu tun haben." Der Kommandant der Festung Grauerort, Major Butt, sieht seinen Männern fest in die Augen. „Wegtreten!"

Die Soldaten lösen sich aus ihrer kerzengeraden Haltung und scharen sich um den Feldwebel. Der erklärt seinen Untergebenen den Ablauf des geplanten Drills.

„Kanonier Martin, Du beobachtest mit deinem Fernglas die Schiffe auf der Elbe. Du weißt, woran Du diese Franzosen erkennst?"

„Klar, Daniel, an der Bauform ihrer Schiffe und an der Flagge."

„Wie heißt das?"

„Jawohl, Feldwebel Schlichtmann!" Er nimmt kurz Haltung an.

„Sehr schön." Der strenge Blick des Unteroffiziers ruht jetzt auf dem jüngsten Mitglied der Truppe. „Deine Aufgabe ist es, die Kanone zu laden. Wie machst Du das?"

„Ich entferne zuerst mit einem Kratzer eventuelle Kartuschenreste des vorigen Schusses, dann entferne ich mit einem feuchten Wischer mögliche Reste von Schwarzpulver."

„Sehr gut, Kanonier. Und dann?"

„Dann kommt mittels einer neuen Kartusche das Pulver in die Kanone, zuletzt schiebe ich die Kugel mit dem Ladestock hinein."

„Sehr gut, Kanonier Sven. So werden wir die feindlichen Schiffe aufhalten." Der nächste Prüfling ist Kanonier Martin. Neben der unermüdlichen Beobachtung der Elbe ist seine Aufgabe das Ausrichten der Kanone, um möglichst beim ersten Schuss das feindliche Schiff zu versenken oder zu mindestens manövrierunfähig zu schießen.

„Herr Feldwebel?"

„Was gibt es, Kanonier Martin?"

„Ich soll meiner Mutter etwa um 4 Uhr am Nachmittag helfen, die Kühe auf die Vordeichweide zu treiben. Ich muss dann leider früher los."

Feldwebel Daniel Schlichtmann nickt verständnisvoll. Sie haben alle gelegentlich Pflichten zu Hause, die haben leider Vorrang. „Das ist schade, aber nicht zu ändern. Wir machen morgen weiter, wir wollen heute noch etwas Schutt aus einer der Kasematten forträumen."

Der Kommandant steht mit verschränkten Armen auf dem Erdwall und beobachtet die kleine Gruppe aus der Entfernung. Diesen Sommer ist die Firma abgezogen, die zwanzig Jahre lang auf dem Gelände der alten Festung Munition zerlegt hatte. Jetzt fühlt sich niemand mehr für das Gelände an der Elbe verantwortlich, sodass er und seine drei Freunde das alte Fort als Abenteuerspielplatz entdeckt haben. Mit Hilfe von zwei Rädern, einer alten Karre und eines Abwasserrohres, haben sie sich eine Spielzeugkanone gebaut. Ein Kumpel hat eine Spielzeugtrompete gestiftet. Mit einiger Fantasie spielen sie hier das preußische Wachkommando, dessen Aufgabe es in den Jahren 1869 bis 1895 war, feindliche, insbesondere französische Kriegsschiffe, davon abzuhalten, Hamburg anzugreifen. Zu Kampfhandlungen ist es nie gekommen, sodass das Fort zwar von Kraut überwuchert, aber unbeschädigt ist.

Immer wieder beobachten sie die Elbe und simulieren das Beschießen von imaginären, feindlichen Schiffen. Mitunter räumen sie auf und versuchen, mit etwas Öl und Fett die alten Türen zu den Kasematten unter den Erdwällen wieder gangbar zu machen.

***

Vor dem Haus, in dem Thomas wohnt, treffen sich die drei Freunde auf ihren Fahrrädern. Das Gewitter hat ein bisschen Kühlung gebracht, die Luft scheint wie frisch gewaschen.

„Wo wollen wir jetzt hinfahren?", fragt Christine nochmals. Sie hat den Namen des Ortes schon mal gehört, ist aber noch nicht dort gewesen.

„Wir wollen nach Abbenfleth. Das ist ein Ort kurz hinter Bützfleth an der Elbe." Thomas breitet seine Karte aus und lässt Michael und Christine hineinsehen. „Seht ihr, hier ist Bützfleth mit seinen Industrie-Ansiedlungen, nur zwei Kilometer dahinter befindet sich Abbenfleth. Nicht am Obstmarschweg, sondern fast an der Elbe."

„Und wenn wir sie nicht finden?"", sorgt sich Michael.

„Du alte Unke! Lass uns erst einmal hinfahren. Den Namen Abbenfleth haben wir drei alle gehört, das muss eine Bedeutung haben."

„Ja, schon, aber wenn das Auto heute nicht dort ist, sondern irgendwo anders?", fragt Michael wieder.

„Das ist dann Pech. Der Wagen steht jedenfalls nicht vor der Wohnung, ich habe heute Mittag noch mal nachgeguckt."

„Okay, nach den Bankräubern zu suchen und dazu eine kleine Tour mit dem Fahrrad zu unternehmen, ist allemal schöner, als zu Hause abzuhängen."

Die kurze Fahrt geht zügig voran. Nach nicht ganz vier Kilometern haben sie den Abzweig nach Drochtersen erreicht, geradeaus geht es nach Stadersand, da sind sie vor ein paar Tagen erst gewesen. Nach weiteren vier Kilometern erreichen sie Bützfleth. Die Strecke ist überall mit einem asphaltierten Fahrradweg versehen, sodass es sich gut radeln lässt. In der Ferne hinter dem alten Deich sieht ab und zu ein Bauwerk der Chemieindustrie hervor, die hier vor 16 Jahren angesiedelt worden ist. Während der ganzen Fahrt beobachten sie aufmerksam alle Auffahrten und die Höfe der Häuser, soweit einsehbar. Vielleicht hat das bronzefarbene Auto hier schon einen Parkplatz gefunden. Aber bis zur Ausfahrt hinter Bützfleth ist alles unauffällig, allerdings gibt es viele Möglichkeiten, das Auto zu verbergen, es gibt auch einige Nebenstraßen, die sie aber nicht untersuchen.

Den kleinen Ort Barnkrug sehen sie sich genau an, ab hier erhöht sich die Wahrscheinlichkeit erheblich, den Ford Escort anzutreffen. In jede Nebenstraße fahren sie hinein. Sie teilen sich dazu auf und bleiben mit Hilfe ihrer Walkie-Talkies miteinander in Verbindung.

Sie fahren zurück zur Abbenflether Hafenstraße, alle drei fühlen die Spannung steigen. Jetzt soll es sich zeigen, ob ihre Überlegungen und Beobachtungen richtig waren. An jedem Haus fahren sie langsam vorbei und versuchen, den Garten oder den Hof zu überblicken. Sie erreichen eine kleine Kreuzung und teilen sich auf, je einer radelt in eine der drei Teilstücke hinein.

Thomas befährt die Hafenstraße in Richtung Elbe geradeaus weiter. Sorgsam sieht er links und rechts auf die

Grundstücke. Mitunter hält er an, um sich umzusehen. Da! Auf der linken Seite sieht er das gesuchte Auto. Zuerst traut er seinen Augen nicht, gaukelt ihm seine angespannte Fantasie etwas vor? Doch, es ist der richtige Wagen, harmlos steht er in der Auffahrt. Die Straße ist fast zu Ende, der Elbdeich ist nur einen Steinwurf entfernt. Sein Herz klopft vor Aufregung. Er fährt noch ein Stückchen weiter, jetzt befindet er sich am Deichdurchbruch. Sein Blick fällt auf die Bützflether Süderelbe und das Sperrwerk, ein Stück dahinter kann er die Elbe erkennen. Er holt das Funkgerät aus der Tasche und drückt die Ruftaste. „Ich habe das Auto. Ich bin in der Nähe vom Abbenflether Sperrwerk." Er muss sich räuspern, er ist heiser vor Aufregung. „Over!", setzt er rasch hinzu.

Das Gerät summt, die Stimme von Christine ertönt, kurz darauf die von Michael.

Wenige Minuten später stehen die zwei mit ihren Rädern neben ihm.

„Ich fahre langsam wieder zurück, auf der rechten Seite könnt ihr das Auto sehen, es steht in der Hofauffahrt." Unwillkürlich hat Thomas zu flüstern angefangen, dabei ist außer seinen Freunden niemand hier. „Fahrt ihr bis zur Kreuzung weiter, ich versuche, den Namen herauszufinden, vielleicht steht er am Briefkasten."

Michael und Christine nicken, sie fühlen sich so, wie sich wohl ein Skispringer vorm Absprung fühlen mag. Ihre Herzen klopfen, sie sind unfähig, an etwas anderes zu denken, als an dieses Auto.

Schweigsam radeln sie los. An dem betreffenden Haus hält Thomas kurz an, nimmt seine Luftpumpe und verpasst dem Hinterrad ein paar Hübe Luft. Unauffällig wirft er einen Blick auf den Briefkasten, der am Zaun hängt, in einem Schlitz steckt ein Pappschildchen. »N. Tiedemann« kann er dort lesen, rasch steigt er auf das Rad und fährt zu seinen Freunden, die an der Kreuzung auf ihn warten.

Der nördliche Abzweig der Kreuzung heißt Schanzenstraße. Die drei Freunde stehen dort und überlegen, wie sie weiter vorgehen sollten.

„Ich glaube, hier geht es zur Festung Grauerort", vermutet Thomas. Keiner von ihnen ist je dort gewesen, sie haben nur eine vage Vorstellung von der ehemaligen Küstenbatterie. Laut der Karte ist es nicht mehr weit, vielleicht ein paar hundert Meter.

Sie erreichen einen hohen Zaun, Schilder sind daran befestigt.

»Lebensgefahr! Betreten verboten!«

Ist in roter Schrift darauf zu lesen. Hohe Bäume wachsen dahinter, einige verfallene Häuser sind zu sehen.

Christine ist unter ihrer Bräune etwas blass geworden. „Da können wir nicht rein. Was wollen wir da überhaupt?"

„Hm." Thomas ist weniger beeindruckt. „Ich bin ziemlich sicher, dass das geklaute Geld dort versteckt ist. Seht euch das doch an, wer traut sich denn dort hinein?"

Michael nickt, er hat sowieso selten Angst. „Das glaube ich auch. Ich könnte über den Zaun klettern und mir die Gegend ansehen, von hier kann man nichts erkennen." Er stellt sein Fahrrad ab und sucht nach einer Lücke im Zaun. „Ich bin gleich wieder da!", ruft er, verschwindet hinter Strauchwerk und Bäumen und ist nicht mehr zu sehen.

Der junge Kommandant der Festung, Hans-Hermann Butt, ruft seinen Männern zu. „Lasst uns mal eine Pause machen, ich muss mal ins Gebüsch!"

„Klar, ich auch." Kanonier Martin legt das Fernglas ab, das er sich von seinen Eltern geliehen hat. Sie steigen die verfallenen und mit Unkraut überwucherten Treppen auf den großen Innenhof hinunter. Dort steht ein Haus, dessen Türen und Fenster mit Brettern vernagelt sind. Eine Ecke ist mit dichtem Gestrüpp umgeben, dort gehen sie hin, wenn sie ein Bedürfnis verspüren. In einem Loch in der Hauswand haben sie eine Rolle Toilettenpapier deponiert.

Michael steht auf dem großen Platz zwischen den Festungswällen und traut seinen Augen nicht. Treppen führen zu zehn aus rotem Backstein gemauerten Plattformen hinauf, der untere Teil der etwa zehn Meter hohen Erdwälle ist gemauert, Fenster und große Türen lassen ehemalige Unterkünfte von Soldaten erahnen. Sind dort vielleicht auch Gefängnisse? Er spürt einen leichten Grusel.

Es raschelt hinter ihm im Blättergewirr. Ehe er es sich versieht, fasst ihn jemand mit festem Griff an den Armen. Es ist Major Butt, er hält ihn fest und ruft, so laut er kann. „Hierher! Ein Feind! Helft mir!"

Michael ist kräftiger als der Junge, der ihn hält. Nach kurzem Gerangel gelingt es ihm, sich loszureißen, da kommen drei weitere Jungen herangelaufen und fallen über ihn her. Sie sind alle etwas jünger und kleiner als er, aber einer solchen Übermacht ist er nicht gewachsen.

„Was machen wir mit ihm?", fragt einer der Jungen. „Sperren wir ihn in eine der Kasematten?"

„Moment, ich habe euch doch gar nichts getan!" Michael versucht sich loszureißen, doch es sind zu viele.

„Bist Du denn kein Franzose?"

„So 'n Quatsch, natürlich nicht", erwidert er zornig. „Ich wohne in Stade."

„Was wolltest Du denn hier? Etwa spionieren?", fragt jetzt der Älteste von ihnen, er wird von seinen Freunden mit »Herr Major« angeredet.

„Ich bin auf der Suche nach verstecktem Geld aus einem Banküberfall", erwidert Michael.

„Das hast Du dir ausgedacht! Das ist nur eine Ausrede, Du bist doch ein französischer Spion, der sich Informationen über die Festung verschaffen will."

„Was habt ihr denn immer mit diesen Franzosen?" Michael ruckt an den Händen. „Nun lasst mich doch endlich los, ich tue euch schon nichts."

Feldwebel Schlichtmann sieht fragend seinen Kommandeur an.

Der nickt. „Ich glaube, das können wir riskieren, lasst uns erst einmal herausbekommen, was er hier will."

Endlich lassen die Hände von Michael ab. Der reibt sich die Handgelenke und schimpft. „Ihr habt sie wohl nicht alle! Ich wollte hier nur mal gucken. Wir glauben nämlich wirklich, dass hier Geld versteckt ist."

„Wen meinst Du denn mit »wir«?", fragt Major Butt. Auf seinen Schultern sind an dem Hemd Schulterstücke angenäht, darauf ist etwas gestickt, das mit etwas Fantasie zwei goldene Sterne sein könnten.

„Draußen sind noch zwei Freunde von mir. Wenn ich nicht bald komme, dann werden sie nachsehen, wo ich bleibe." Dass der eine Freund »nur« ein Mädchen ist, müssen die Jungs nicht wissen, so werden sie vielleicht etwas vorsichtiger mit ihm umgehen.

„Gut, wir wollen mal hören, was deine Freunde dazu sagen", räumt Major Butt ein. „Aber versucht nicht, uns zu überrumpeln, unser Gefängnis ist sehr stabil!"

„Ich gebe euch mein Ehrenwort. Ich hole meine Freunde, dann erklären wir noch einmal, warum wir hier sind." Michael hat jetzt Oberwasser, die vier Jungen sind harmlos, sie scheinen nur zu spielen. „Gut, einen Moment, ich bin gleich wieder zurück."

Michael geht den Weg wieder zurück. Thomas und Christine sind noch vor dem Zaun, wo er sie zurückgelassen hat.

„Da ist ja Michael!", ruft Christine, sie hat ihn zuerst bemerkt. „Und? Was hast Du gesehen?"

„Ihr müsst mal mitkommen, das ist gar nicht gefährlich. Da sind Jungen, die könnten uns vielleicht sogar bei der Suche nach dem Geld helfen."

Michael geht voraus, Thomas und Christine folgen ihm. Als sie durch einen Tunnel unter dem zehn Meter hohen Wall hindurchgehen, sind sie ebenso überrascht, wie zuvor schon Michael. Eine hundert Jahre alte Küstenbatterie ist für sie etwas völlig Neues.

Hinter der Wache stehen die vier Jungen der Wachmannschaft, die neugierig Michael und seine Freunde erwarten. Als sie Christine mit ihrem langen, blonden Zopf bemerken, mustern sie sie interessiert und tuscheln miteinander. Christine hält sich im Hintergrund, ihr ist die ganze Situation etwas unheimlich. Vier fremde Jungen in dieser Gänsehaut erzeugenden Umgebung, daran muss sie sich erst gewöhnen.

„Ihr habt ein Mädchen dabei!", ruft Hans-Hermann Butt, der Major, aus.

„Was Du nicht sagst! Das haben wir noch gar nicht bemerkt, Du Clown, aber täusch dich nicht in Christine", entgegnet Michael. „Sie kann spielen und kämpfen wie ein Junge."

Thomas stellt sich und Christine vor, Hans-Hermann, der Anführer der Wachmannschaft, stellt seine Freunde ebenfalls vor.

Die sieben Jugendlichen mustern sich neugierig, Thomas hat schnell Hans-Hermann als Anführer der kleinen Mannschaft erkannt und unterhält sich mit ihm.

„Wir sind seit dem Frühjahr auf der Festung und tun so, als wären wir preußische Soldaten. Bis vor Kurzem war diese Gegend von einer Firma zur Zerlegung von Munition gepachtet, die haben ihren Sitz jetzt woanders", erklärt ihm der große Junge mit dem struppigen Haar.

„Ach, deshalb sind noch die Warn- und Verbotsschilder am Zaun angebracht?", vermutet Thomas.

„Ja, aus der Zeit stammt das noch. Inzwischen interessiert sich offenbar niemand mehr für das Gelände. Jetzt spielen wir hier preußische Wachmannschaft", fügt Hans-Hermann mit einem Grinsen hinzu. „Und was wollt ihr hier?"

„Wir spielen auch, und zwar Detektive – jedenfalls zu Anfang, inzwischen ist es kein Spiel mehr, wir haben es, im Gegensatz zu euch, mit echten Gegnern zu tun." Thomas bemerkt erfreut die Verblüffung im Gesicht des Jungen.

„Wir haben gedacht, euer Michael wollte uns auf den Arm nehmen."

„Nein, das war sein Ernst." Thomas erzählt seinem überraschten Zuhörer von dem Banküberfall in Stade vor drei Wochen.

„Ich kann mich erinnern, das hat in der Zeitung gestanden."

„Sag' ich doch, ich denke mir das nicht aus. Per Zufall hat Michael einen der Bankräuber in Stade gesehen. Wir haben den Mann verfolgt – unauffällig natürlich - und zwar bis hier nach Abbenfleth, dort scheint einer der anderen Gauner untergekommen zu sein."

Hans-Hermann hört Thomas mit leuchtenden Augen zu. „Mann, das ist ja ein echtes Abenteuer. Habt ihr gar keine Angst gehabt?"

„Äh, darüber haben wir noch gar nicht nachgedacht. Vielleicht ein bisschen? Wir sind den Bankräubern aber bisher nicht wirklich nahegekommen, die haben keine Ahnung, dass wir ihnen auf den Fersen sind."

„Seid ihr nicht bei der Polizei gewesen? Die müssen doch davon erfahren", fragt Hans-Hermann. Seine »Untergebenen« hören gespannt zu.

„Doch, was denkst Du denn! Aber die meinten, sie hätten die besseren Möglichkeiten. Ich glaube auch, dass die nur dachten, wir wollten uns aufspielen, außerdem sind wir nicht für voll genommen worden."

An dieser Stelle mischt Christine sich ein. „Also, so ist das ja nicht gewesen, Thomas. Zuerst war die Polizei, ich meine der Kommissar vom Raub, schon nett und hat auch zugehört. Sie haben sich ja auch um das Auto gekümmert, aber der Halter des Wagens hat sich rausgeredet, da war nichts zu machen, für die Polizei ist die Sache jedenfalls – erst mal - erledigt."

Hans-Hermann nickt wissend. „Ja, so ist das: Wir sind in einem doofen Alter. Wir können schon so manches, aber die Erwachsenen trauen uns das nicht zu."

Thomas nickt dazu, er hat in Hans-Hermann eine verwandte Seele gefunden. Der Junge ist der älteste von den Vieren und scheint fast so alt zu sein, wie er selbst. Die anderen Jungs sind etwa 11 oder 12 Jahre alt. „Was macht ihr hier? Wie spielt ihr die Wachmannschaft?"

Hans-Hermann lächelt, endlich ist er jemandem begegnet, der ihn versteht und ihm aufmerksam zuhört. „Komm mal mit, zu den Geschützplattformen." Er geht voraus, Michael folgt ihm dichtauf.

Die anderen Jungen und Christine stehen im Hof der Festung und unterhalten sich miteinander. Die drei Jungen der Wachmannschaft beäugen Christine neugierig. Wie es wohl ist, ein Mädchen dabei zu haben? Ist sie zickig oder ängstlich?

Christine taut langsam auf und kommt mit den fremden Jungs ins Gespräch. Als sie beiläufig erwähnt, dass ihr Vater Kommissar bei der Kriminalpolizei in Stade ist, sind ihre Zuhörer von ihr hingerissen. Mit großen Augen wird sie bestaunt, nicht nur wegen ihres langen Zopfes.

Hans-Hermann ist mit Thomas auf der Kanonenplattform angekommen. „Hier haben früher Geschütze gestanden, damit sollten feindliche Schiffe davon abgehalten werden, Hamburg anzugreifen. Aber das ist lange her, das war 1870 oder so, und dauerte nur etwa zwanzig Jahre."

„Nur?" Thomas' Blick gleitet über die hübsche Umgebung. Einhundert Meter entfernt fließt die Elbe, hohe Bäume behindern die Sicht.

„Die Bäume sind hier früher natürlich nicht gewesen", erklärt Hans-Hermann. „Damals wurde alles abgehackt, was die freie Sicht auf die Elbe behinderte."

„Wieso ist denn ausgerechnet hier eine Küstenbatterie errichtet worden?", wundert sich Thomas.

Hans-Hermann lächelt, damit kennt er sich aus, er hat jedes erreichbare Buch über den Festungsbau in Deutschland verschlungen. „Das liegt daran, dass hier fester Boden bis an die Elbe reicht. Der Untergrund ist deshalb belastbar für schwere Bauwerke."

„Verstehe", erwidert Thomas. „Sonst ist hier überall Marsch und Sumpf, dort würden diese schweren Wälle eines Tages versinken."

Jetzt stehen sie neben der kleinen Kanone, mit der die Jungen exerzieren. Liebevoll ist die Lafette aus Holz gefertigt, die Metallreifen der Räder sind mühsam geschmirgelt worden und glänzen jetzt in sauber bemaltem Schwarz.

„Das habt ihr selbst gemacht?", staunt Thomas.

„Ja, der Vater von Sven ist Tischler, von ihm haben wir das Holz bekommen, wir durften auch sein Werkzeug benutzen." Hans-Hermann freut sich über die ehrliche Bewunderung seines Besuchers. Er fügt mutig hinzu: „Wenn ich erwachsen bin, möchte ich das Fort in den Originalzustand zur Zeit des preußischen Kaisers versetzen lassen. Dann könnten es Gäste besichtigen, so unbeschädigte Küstenbatterien aus der Zeit gibt es nur wenige."

Thomas staunt. „Mannomann, da hast Du dir allerhand vorgenommen. Da wirst Du Hilfe brauchen, oder?"

„Ja." Hans-Hermann nickt. „Ich wollte eine Art Verein gründen, so was kann man nicht alleine, dafür ist es zu viel Arbeit – und Geld kostet es auch."

Thomas mustert seinen neuen Kumpel. „Sag mal, auf welche Schule gehst Du eigentlich?"."

„Ich besuche das Vincent-Lübeck Gymnasium in Stade."

„Ach so, deshalb sind wir uns noch nicht begegnet, wir gehen auf das Athenaeum."

„Ach so, aber Du kannst mal nach der Schule zu mir kommen, ich wohne in der Jahnstraße."

„Klar, ich komme mal bei dir vorbei. Christine geht übrigens bei mir in die Klasse. Auf welche Schulen gehen denn deine Freunde? Die sind mir auch noch nie begegnet."

„Sven, unser Jüngster, geht in die Volksschule in Bützfleth in die vierte Klasse. Martin geht auch dort zur Schule, jedoch in die Fünfte. Daniel besucht die 6. Klasse der Realschule in Drochtersen."

„Und da seid ihr alle miteinander befreundet?", wundert sich Thomas.

„Na ja, wir wohnen nicht weit auseinander, es sind nur wenige Kilometer, die Bützfleth, Abbenfleth und Barnkrug voneinander entfernt sind."

Sie hören Stimmen, Thomas' Freunde und die von Hans-Hermann steigen die teilweise zusammengebrochene Treppe herauf. Daniel Schlichtmann, der Feldwebel, hat offenbar Gefallen an Christine gefunden und tut sich jetzt ein bisschen hervor. Sie ist ehrlich interessiert und folgt staunend seiner Beschreibung der Kanone. Er erklärt ihr, was sie machen und erläutert, wie man die Kanone lädt.

„Man kann aber nicht echt damit schießen?", fragt sie neugierig.

Daniel schüttelt traurig den Kopf. „Nein, leider nicht."

„Na, Du bist gut! Stell dir mal vor, ihr könntet mit einer richtigen Kanone schießen, wo soll das Geschoss denn landen?"

„Nein, das geht natürlich nicht, wenn ich groß bin, mache ich in einem Verein mit, wo man auf einem Schießstand mit echten Kanonen schießen kann."

„Dann bist Du schon gut darauf vorbereitet", versucht sie Daniel zu trösten.

„Das glaube ich eher nicht, aber vielleicht hilft es ein wenig."

„Hört mal zu, Thomas hat einen Plan, den solltet ihr euch anhören", fordert Hans-Hermann seine drei Freunde auf.

Thomas erzählt die ganze Geschichte noch mal, die er schon seinem neuen Freund berichtet hatte. Die drei, die es zum ersten Mal hören, reißen Mund und Augen auf.

„Ihr glaubt, dass die das geklaute Geld in unserer Festung versteckt haben?", fragt Martin Sommer, einer der beiden Kanoniere. Wirr hängen ihm die blonden Haare in die Augen.

„Wir wissen es nicht sicher, aber warum haben die Gauner den Namen dieser Küstenbatterie genannt und von Geld gesprochen?", fragt Michael und blickt in die Runde.

Die vier Freunde der Festung blicken sich an. „Wir haben niemanden gesehen, aber wir sind ja auch nicht immer hier. Wir helfen euch aber auf jeden Fall beim Suchen", sagt Hans-Hermann, ihr Anführer.

„Ja, niemand kennt diese Festung besser als wir. Das wäre ja gelacht!", setzt Martin übermütig hinzu.

Hans-Hermann hat als genauer Kenner der Anlage einige Bedenken. „Stell dir das nicht so leicht vor. Es sind nicht nur die Kasematten, das ist schon wegen der vielen Einstürze schwierig genug. Es stehen hier noch ein paar alte Gebäude, wie zum Beispiel der Wachbunker und die Munitionsbunker am Eingang. Die sind zum Teil mit Schlössern gesichert, da können wir nicht so ohne Weiteres hinein."

„Irgendwo müssen wir ja anfangen, vielleicht finden wir ja wirklich etwas", schlägt Thomas vor.

„Ja, das ist mal was anderes, als das dauernde Exerzieren!", ruft Sven, der Jüngste von ihnen, was ihm einen strengen Blick ihres Anführers einbringt.

„Ich sollte vielleicht meinen Plan von zu Hause holen", schlägt Hans-Hermann vor.

„Ihr habt einen Plan von dieser Festung?", fragt Christine beeindruckt.

„Nein", bedauert Daniel. „Es ist kein offizieller Plan, wir haben ihn selbst gezeichnet, so gut wir das eben können."

„Gut, ich bin gleich wieder zurück!", ruft Hans-Hermann und schwingt sich auf sein Fahrrad. Er wohnt in Barnkrug, das ist ein kleiner Ort am Obstmarschenweg ganz in der Nähe.

Thomas befragt die Freunde von der Festung. „Ist euch gar nichts aufgefallen? Vielleicht ein parkendes Auto vorm Zaun?"

„Vor drei Wochen ist uns mal ein schwarzer Ford Fiesta entgegengekommen, das ist alles, was mir dazu einfällt", sagt Daniel.

„Hat sonst noch jemand was gesehen?", hakt Thomas nach.

Ein einhelliges Kopfschütteln ist das Ergebnis.

„Hm, das ist nicht viel. Ich schlage vor, dass wir mit der Suche beginnen, sobald Hans-Hermann zurück ist. An Hand der Karte können wir uns dann aufteilen."

Eine Viertelstunde später trifft Hans-Hermann ein. Aus der Tasche auf seinem Gepäckträger holt er eine Karte, die aus vier DIN-A4-Blättern weißen Papiers zusammengeklebt ist. Nicht ohne Stolz präsentiert er die erste gemeinsame Arbeit seiner kleinen Gruppe. Die Wälle mit dem Wassergraben bilden die äußere Begrenzung, gestrichelt sind die Einbauten in den Erdwällen dargestellt, auch die Gebäude am Eingang und die Munitionsbunker sind eingezeichnet.

Hans-Hermann zeigt mit dem Finger auf den Plan. „Einige Einzelheiten sind nur vermutet. Man kann nicht überall hinein, auch sind an einigen Stellen die Wände und Gewölbe eingestürzt, das ist zum Teil unzugänglich."

Thomas nickt. „Siehst Du, deshalb ist die alte Festung als Versteck geeignet. Ich bin ganz sicher, dass der Raub hier irgendwo verborgen ist. Hier ist das Geld sicher vor Entdeckung – das glauben jedenfalls die Diebe – und kann bei ihnen zu Hause, falls sie Besuch von der Polizei erhalten, nicht gefunden werden."

Hans-Hermann und seine Freunde strahlen, das ist auf jeden Fall spannender als das gespielte Schießen auf imaginäre, französische Feinde.

„Was bedeuten denn die roten Kreuze?" Christine zeigt mit dem Finger auf zwei Stellen auf der Karte. Sie sind direkt neben dem Wassergraben, aber außerhalb der Festungswälle.

Daniel erklärt: „Wir haben dort Reste von Munition gesehen, das stammt noch aus der Zeit, als die Delaborierungsfirma hier ihren Sitz hatte."

„Oh!" Erschrocken zieht Christine ihren Finger zurück, was die Jungs mit einem Lachen quittieren. „Keine Sorge, das Papier schießt nicht," bemerkt Daniel und erntet einen bösen Blick von Christine.

„Ich schlage vor, wir fangen mit dem Gebäude in der Mitte an. Wir müssen jedoch ausreichend Taschenlampen dabeihaben, da drin ist es stockfinster."

Thomas nickt. „Ich habe eine, das ist nicht genug. Ich schlage deshalb vor, dass immer einer draußen Wache hält. Man kann ihn von innen rufen und er passt auf, ob jemand kommt. Wir dürfen schließlich nicht vergessen, dass die Gauner vielleicht hier auftauchen und nach dem Geld sehen wollen, das wäre eine nette Überraschung, wenn die Brüder plötzlich vor uns stehen!"

„Ja, das stimmt, wir sollten noch jemand an der Straße nach Abbenfleth postieren, falls von dort jemand kommt", schlägt Michael vor.

„Und wie soll er uns Bescheid sagen? Laut rufen?", fragt Sven, der jüngste von ihnen.

„Wir haben drei Funkgeräte bei uns", trumpft jetzt Christine auf. „Dann bekommt derjenige an der Straße nach

Abbenfleth eines, ein Weiteres erhält die Wache vor der Tür und eines bekommt jemand drinnen." Sie genießt die Bewunderung der Gruppe und blickt jeden mit leuchtenden Augen an.

„Mensch, Klasse! So etwas habt ihr? Das ist ja Super!", freut sich jetzt Martin, und streicht sich die widerspenstigen Haare aus der Stirn, die sofort wieder über seine Augen fallen.

Über die Einteilung der Posten gibt es einen kurzen Wortwechsel. Jeder möchte drinnen nach der Beute suchen, die Wache zu machen ist langweilig. Schließlich einigt man sich darauf, dass Sven an der Straße aufpasst, er wohnt in dem Ort und kennt alle Bewohner, ihm würde ein fremdes Auto auffallen.

Christine wird zur Wache vor dem Haus vergattert. Normalerweise hätte sie geschimpft, dass sie nur draußen aufpassen soll, weil sie ein Mädchen ist, aber Sie sagt nichts, eigentlich ist sie froh, dass sie nicht drinnen suchen muss, das ist ihr doch ein wenig unheimlich.

Die übrigen fünf – es sind Thomas und Michael, sowie Hans-Hermann, Martin und Daniel, teilen sich drinnen zu zwei und drei Jungen auf. Die beiden Taschenlampen bekommt je eine Gruppe.

„Das Haus gehört eigentlich nicht zur Festung, es ist kurz nach 1900 gebaut worden, um nach der Explosion des damaligen Munitionslagers in Cuxhaven-Grohden hier Munition lagern zu können." Hans-Hermann ist mal wieder bestens informiert.

Das Haus hat auf jeder Seite viele Türen, jede führt zu einem kleinen Raum. Diese sind ursprünglich zur Lagerung von Gerätschaft und Munition verwendet worden. Immer im Wechsel, mal Munition, dann wieder ein Geräteraum, damit im Falle einer Explosion nicht das ganze Gebäude erfasst wurde. Die Räume für die Munition sind schwarz gestrichen, ohne Beleuchtung wirken sie düster und unheimlich.

Ein Raum nach dem anderen wird von den Kindern untersucht. Sie sind nicht ganz leer, es liegen Holzabfälle und Mauerbrocken darin herum, sodass sie den Raum betreten und mit der Taschenlampe jeden Winkel absuchen müssen.

Nach zwei Stunden haben sie in jede Ecke gesehen. „Wir sollten morgen mal in den Kasematten nachsehen. Das ist allerdings viel schwieriger, da dort viel verfallen ist", erklärt Hans-Hermann.

„Außerdem kann ich morgen nicht, ich soll nach der Schule mit meiner Mutter die Garage aufräumen", Kanonier Martin macht ein missmutiges Gesicht, er würde lieber nach dem Geld suchen.

„Ich kann morgen auch nicht", ergänzt Sven. „Wir schreiben am Dienstag in der Schule eine Arbeit, da muss ich morgen üben. Das ist Mathe, da bin ich nicht gut genug", fügt er leise hinzu.

„Hm." Hans-Hermann Butt zieht ein Gesicht. „Das ist schade. Ich kann morgen auch nur kurz. Ich würde sagen, ich lasse euch den Plan da, und ihr versucht es morgen alleine. Ich komme auf jeden Fall, vielleicht später." Er reicht Thomas die Karte. „Geh bitte sorgfältig damit um, es steckt viel Arbeit darin."

Thomas nickt. „Keine Sorge, bei mir ist sie in guten Händen."

Hans-Hermann winkt den Dreien zu. „Wir sehen uns morgen, viel Erfolg beim Suchen!" Auf dem Weg zu seinem Fahrrad dreht er sich noch einmal um. „Es ist toll, dass wir euch getroffen haben, wir machen öfter mal was zusammen, ja?"

„Klar!", rufen alle im Chor.

Thomas, Michael und Christine steigen ebenfalls auf ihre Fahrräder und radeln zurück nach Stade. „Wann treffen wir uns morgen?", fragt Thomas seine Freunde. Leise sausen die Reifen auf dem Radfahrweg, der hier mit einer neuen Asphaltschicht versehen ist.

„Ich kann nicht vor vier", antwortet Christine. „Mein Unterricht ist um zwei zu Ende, dann gibt es Mittag und Hausaufgaben werde ich sicher auch noch machen müssen."

„Wie sieht es bei dir aus?", fragt Thomas Michael.

„Das geht auf jeden Fall, zur Not mache ich die Aufgaben am Abend", erwidert er.

Thomas zögert, „Und dein Bruder? Musst Du dich nicht um ihn kümmern?"

„Und achte darauf, dass Du über unserem Hobby nicht die Schule vernachlässigst", erinnert ihn Christine.

„Schon gut, das klappt schon", brummt er kurz angebunden.

„Also gut. Wir treffen uns morgen bei mir um vier", fasst Thomas zusammen. „Wir fahren gemeinsam los, sobald der Letzte eingetroffen ist."

Eingesperrt

Montag, Anfang September. Es ist wieder ein schöner Spätsommertag, am Nachmittag ist es recht warm. Thomas verlässt mit seinen Klassenkameraden die Schule, seine Gedanken drehen sich um die Suche nach dem Geld in der alten Festung. Mit vielen anderen geht er zum Fahrradstand, um seinen Drahtesel zu holen, als er zwischen den Schülern Christine entdeckt, die auch ihr Fahrrad holen will.

„Hallo Thomas, ich fahr mit dir zusammen nach Hause, ja?"

„Klar doch."

Während der Fahrt spricht Christine ein Thema an, das ihr schon länger auf der Seele brennt: „Hör mal, das mit Michael - hoffentlich kriegt er zu Hause nicht Riesenärger, weil er so oft nicht daheim ist, er spricht ja nicht darüber, aber mit seinem Vater ist wohl schwer auszukommen."

„Ich hab' auch schon darüber nachgedacht, aber wenn er nicht darüber sprechen will, was können wir tun? Wahrscheinlich ist ihm die Sache unangenehm, da schweigt er lieber."

„Wahrscheinlich stimmt das, so was Blödes! Jungs! Bloß nicht drüber reden!"

An der Horststraße verabschiedet sich Christine. „Bis nachher! Soll ich noch etwas mitbringen?", fragt sie.

„Wenn Du eine Taschenlampe hast, das wäre gut. So wie ich das verstanden habe, ist es in den Kasematten stockdunkel."

„Gut, also bis nachher, um vier!", ruft sie und saust mit dem Fahrrad davon. Die Sonne funkelt in den Speichen, die Kette klappert gegen den Kettenschutz. Thomas nimmt sich vor, nachher bei Christines Fahrrad die Kette etwas zu spannen.

***

Michael sieht auf die Uhr – gleich vier, dann wollten sie sich bei Thomas treffen. Er hat sich die Taschenlampe genommen und legt sie in einen Leinenbeutel, da hört er Geräusche im Treppenhaus. Es klappert an der Tür, dann wird sie geöffnet. Es ist sein Vater in Begleitung eines Kollegen, der ihn stützt.

„Papa, was ist mit dir los?", fragt er erschrocken.

„Dein Vater hat eine Magen-Darmgrippe", antwortet der Kollege für ihn. „Der Virus geht in der Firma um, jetzt hat es deinen Papa erwischt."

„Du bleibst bitte zu Hause, ich brauche deine Hilfe", ordnet der Vater mit schwacher, aber eindeutiger Stimme an."

Michael bricht innerlich zusammen. Das war 's mit der Festung, nun sitzt er hier fest. „Soll ich dir eine Suppe warm machen?"

„Das würde mir helfen, vielen Dank." Er verabschiedet sich von seinem Kollegen, dann ist er mit seinem Sohn alleine. „Wo ist Andreas? Die Schule ist doch schon vorbei."

Der ist bei Torsten. Der hat eine elektrische Eisenbahn, damit wollten sie spielen."

Der Vater brummt etwas Unverständliches und geht langsam zum Schlafzimmer.

Michael wäre gerne mit seinen Freunden unterwegs, er ist traurig und wütend, dass er jetzt seinem Vater zur Hand gehen muss. Er seufzt leise und geht in die Küche. Auf dem Herd steht noch ein Rest von der Suppe, die er und sein Bruder heute Mittag gegessen haben, die wird er für seinen Vater aufwärmen.

„Michael, kannst Du mal kommen?", wird er aus dem Schlafzimmer gerufen.

Er eilt zum Bett seines Vaters.

„Kannst Du mir die Zeitung von heute Morgen bringen?"

„Oh, die habe ich schon in den Müll gebracht."

„Gut, dann suchst Du sie eben wieder her."

Michael eilt nach draußen, hinter das Haus, und sucht im Mülleimer nach der Zeitung von heute. Sie liegt fast oben, er nimmt sie und geht wieder zurück ins Haus. In der Küche blubbert die Suppe, mit der Zeitung in der Hand läuft er zum Herd.

„Wo bleibst Du denn?", klingt die Stimme des Vaters ungehalten aus dem Schlafzimmer.

„Einen Moment - die Suppe kocht gerade!" Michael ist eigentlich von Natur aus hilfsbereit, aber einem Nörgler wie seinem Vater zu helfen, erfordert mehr Geduld, als ihm gegeben ist. Er schiebt den Topf von der heißen Platte und bringt die Zeitung in das Schlafzimmer. „Hier bitte, die Suppe kommt gleich."

Der Vater knurrt wieder etwas und richtet sich im Bett auf. Er ist blass und wirkt nicht so kräftig wie sonst. Er tut Michael leid, wie er so im Bett liegt und auf ihn angewiesen ist, aber nur ein bisschen.

Wieder sieht Michael auf die Uhr. Es ist schon halb sechs, was Thomas und Christine wohl machen? Warten sie auf ihn?

***

Kurz vor vier trifft Christine bei Thomas ein. „Na, hast Du deine Hausaufgaben auch alle fertig, Du Streberin?", fragt er seine Freundin und lacht. „Viel wichtiger: Hast Du eine Taschenlampe dabei?"

„Ich denke schon den ganzen Tag daran, ich habe sie in meiner Tasche auf dem Fahrrad. Heute sind die Kasematten dran, oder?" Sie zögert einen Moment. „Was ist überhaupt eine Kasematte?"

Thomas hat noch gestern Abend im Lexikon nachgesehen, jetzt kann er sein Wissen an den Mann, beziehungsweise an das Mädchen bringen. „Eine Kasematte ist ein Gewölbe, das zum Schutz gegen Artilleriebeschuss in Festungen verwendet wurde. Es sind besonders dicke Wände, die den feindlichen Kugeln widerstehen sollten." Er holt die Karte von der Festung hervor, und erklärt Christine, was darauf dargestellt ist. „Siehst Du hier, das ist der Wall, der der Elbe zugewandt ist. Dort sind

Kasematten eingebaut, weil man von dort Geschützfeuer erwartet hat."

Christine beugt sich über die Karte. „Hoffentlich haben wir heute Glück und finden das geklaute Geld."

„Das hoffe ich auch, wenn wir es nicht finden, müssen wir annehmen, dass das Geld doch woanders versteckt ist. Wo bleibt Michael eigentlich?"

„Keine Ahnung. Mir hat er nichts gesagt, gesehen habe ich ihn unterwegs auch nicht", antwortet das Mädchen. „Man weiß ja nie, ob er zu Hause nicht irgendwas für seinen Vater erledigen muss, und der lässt nicht mit sich verhandeln, Befehl ist Befehl."

„Ja, kann sein - wir warten noch eine Viertelstunde und fahren dann los. Michael kann ja nachkommen, er findet auch ohne uns zur Festung. Hans-Hermann wollte auch kommen, dann sind wir mindestens zu dritt."

Es ist kurz vor fünf, Christine und Thomas erreichen mit ihren Rädern die alte Festung. Sie nutzen eine Lücke im Zaun und haben bald die Anlage erreicht.

Hans-Hermann ist schon da, sein blaues Fahrrad liegt im Gras, er lehnt mit dem Rücken am Geländer der Brücke über den Wassergraben und liest in irgendwelchen Unterlagen. Freudig springt er auf, als er die beiden bemerkt und kommt auf sie zu. „Toll, dass ihr da seid, jetzt können wir loslegen." Er zögert einen Moment. „Wo ist denn Michael? Der wollte doch dabei sein?"

Thomas und Christine wechseln einen Blick, dann sagt Thomas „es muss etwas dazwischengekommen sein, wir sind zu dritt, das muss genügen."

„Was hast Du denn da?", Christine äugt zu dem Schnellhefter, den Hans-Hermann in der Hand hält.

„Ach das, das sind unsere Fotos!" Stolz reicht er ihr die Mappe mit dem grünen Umschlag. „Ich habe Bilder gemacht, um den Status zu dokumentieren, sieh hier." Er blättert den Schnellhefter auf. Auf jeder Seite ist ein postkartengroßes Bild mit handgeschriebenen Kommentaren darunter.

„Da hast Du dir aber viel Arbeit gemacht!" Christine ist ehrlich beeindruckt. Interessiert sieht sie sich die Bilder an, sie zeigen von dem Wassergraben und dem Tor bis zu den Geschützplattformen viele Einzelheiten der Festung.

„Ich schlage vor, wir beginnen beim Torhaus", sagt Hans-Hermann und nimmt den Schnellhefter wieder an sich. „Dort waren die Wachstube und die Unterkunft für die Wache. Da sind mehrere Räume, die wir noch nicht untersucht haben."

„Genau, Du kennst dich hier aus, das merkt man. Dann lasst uns anfangen, es ist schon spät genug." Thomas möchte endlich loslegen.

Die Räume unter dem hohen Erdwall sind kühl, das ist an einem heißen Tag wie heute sehr angenehm. Die drei gehen hinein und leuchten mit ihren Taschenlampen in jede Ecke und in jedes Loch.

„Kommt mal her!", ruft Christine. Sie hat etwas entdeckt. Mit der Taschenlampe leuchtet sie auf ein Vorhängeschloss, das in einer dunklen Ecke eine Klappe aus Metall verschließt. Das Schloss sieht in dieser düsteren, schmutzigen Umgebung auffällig blank und neu aus.

Die beiden Jungen kommen dazu und werfen fachmännisch Blicke auf das Schloss.

„Das letzte Mal, als ich hier war, gab es das noch nicht", wundert sich Hans-Hermann.

„Das ist interessant! Also ist tatsächlich jemand hier gewesen und hat, weiß der Teufel was, versteckt und vor fremdem Zugriff geschützt!" Thomas fasst das Schloss an und hebt es hoch. „Das ist sehr stabil, das bekommen wir nicht so ohne Weiteres auf", er überlegt bereits, wo er einen Bolzenschneider bekommen könnte.

„Ist das nicht das Schloss, das der Perlinger neulich im Baumarkt in Stade gekauft hat?"

„Mensch, Christine! Na klar! Wenn das stimmt, dann ist dahinter das Geld, hundertprozentig."

„Ich schlage vor, wir überlegen uns bis morgen, wie wir das Schloss öffnen und welches Werkzeug wir dazu brauchen. Es gibt hier noch viele andere Möglichkeiten, etwas zu verstecken." Hans-Hermann sieht es mehr von der nüchternen Seite.

Thomas nickt. „Das stimmt, aber ich sehe sonst nirgendwo ein dickes Vorhängeschloss."

Immer wieder mustert Christine das Schloss und folgt dann den Jungen nach draußen.

Der nächste Ort für ihre Nachforschung sind die Kasematten unter den Wällen, die der Elbe zugewandt sind.

„Wir müssen da drin vorsichtig sein", erklärt Hans-Hermann, der vorausgeht. „In den hinteren Gewölben ist es stockfinster, es können auch Mauerbrocken herunterfallen." Er blickt Christine an. „Möchtest Du vielleicht draußen bleiben? Eine Wache könnte nicht schaden.

Das Mädchen ist sich unsicher, doch die Neugier überwiegt. Außerdem will sie den Jungen gegenüber möglichst keine Schwäche zugeben. Sie schluckt, jetzt bloß nicht kneifen! Schließlich folgt sie den Jungs mit ihrer Lampe.

Mit den Taschenlampen leuchten sie in dem Gewölbe umher. Vorne ist es noch nicht völlig dunkel, durch die Fenster zum Hof dringt genügend Licht herein. Hans-Hermann geht immer tiefer in die Gänge hinein. Die blassen Lichtkegel ihrer

Taschenlampen zucken über das Mauerwerk, vorsichtig steigen sie über Schutthaufen und leuchten in die Löcher der Wände hinein. Thomas und Christine sind froh, dass Hans-Hermann vorangeht, er weiß hier Bescheid und kennt jeden Stein.

Es wird immer dunkler, je tiefer sie in die Kasematte vordringen. Christine wird es zunehmend unheimlich. „Können wir nicht wieder nach draußen gehen? Hier ist ja wohl nichts zu finden. Wahrscheinlich ist die Beute doch vorne im Wachhaus versteckt."

„Das könnte sein", antwortet Thomas. „Erstens interessieren mich die Kasematten und außerdem ist es nicht sicher, dass das Geld doch vorne im Torhaus eingeschlossen ist. Bis wir einen Bolzenschneider besorgt haben, nutzen wir die Zeit und sehen hier nach."

***

Montag, der 2. September 1985, nachmittags. In dem kleinen Haus in der Abbenflether Hafenstraße sitzen drei Männer in der Stube. Es sind die drei Bankräuber: Dieter Krupke, Gerhard Völkner und Holger Perlinger. Heute will ihnen ihr Anführer, Dieter Krupke, endlich zeigen, wo er das Geld versteckt hat, das heißt, eigentlich will er nicht, aber seine Komplizen lassen ihm keine Ruhe, keiner traut dem Anderen.

„Wir fahren gleich zur alten Festung, morgen fahren wir dann nach Bremervörde zur Bank am Markt. Denkt daran, was wir besprochen haben. Es wird genauso gemacht, wie wir das geplant haben!"

„Aber erst, wenn wir das Geld gesehen haben", wendet Gerd Völkner ein." Seine hellblauen Augen senden einen stechenden Blick zu ihrem Chef.

„Ja, ja, schon gut, es ist schon ein starkes Stück, dass ihr mir zutraut, ich könnte euch euren Anteil unterschlagen." Er greift nach dem Glas Bier, das vor ihm steht und nimmt zwei kräftige Schlucke. „Damit ihr seht, dass ich fair zu euch bin, werden wir das jetzt gleich erledigen."

In der Küche nebenan stehen ein Mann und eine Frau. Es sind die Eigentümer des kleinen Hauses, Norbert Tiedemann und seine Frau Hannelore. Sie setzt gerade Kaffee auf, er sitzt auf einem der beiden Holzstühle am Küchentisch und sieht ihr dabei zu. „Wann verschwinden dein Bruder und seine komischen Freunde endlich wieder? Das gefällt mir gar nicht, dass die Kerle hier immer noch rumlungern", zischt der Mann seiner Frau zu.

„Ich habe Gerd schon ganz zu Anfang gesagt, dass mir das gar nicht recht ist, dass dieser Krupke hier wohnt, gestern schon wieder. Er hat mir geantwortet, dass es nur noch bis morgen wäre, dann würde er verschwinden. Und wenn der fort ist, sind wir auch seine Begleiter los. Mein Bruder alleine ist mir schon nicht recht, alle drei sind schon eine echte Zumutung."

„Das wird aber auch Zeit, in unserem kleinen Haus ist ein Gast auf Dauer lästig. Wenn er und seine Freunde, dein Bruder eingeschlossen, sich wenigstens benehmen würden! Aber sie gebärden sich gerade so, als wären sie die Herren im Haus."

Aus der Stube ertönt ein Ruf. „Wo bleibt der Kaffee?"

Die Frau ruft zurück: „Kommt gleich, er ist gleich durch!"

Norbert Tiedemann funkelt seine Frau böse an. „Siehst Du, so geht das jetzt schon drei Wochen, wenn nicht bald Schluss ist, werde ich denen ein Ultimatum setzen."

Seine Frau sieht ihn kurz an und lacht gequält auf. „Du? Ausgerechnet Du! Du bist doch diesem Krupke gar nicht gewachsen, der steckt dich doch mit links in die Tasche."

„Das war nicht nötig, Hannelore." Ihr Mann sieht zerknirscht auf den Boden der Küche. „Du hast wahrscheinlich recht, ich war schon immer ein Feigling." Er richtet sich wieder auf. "Was machen die drei hier eigentlich? Mein Eindruck ist, dass die irgendein Ding gedreht haben und sich hier nur verstecken wollen. Wenn wir mehr wüssten, könnten wir vielleicht der Polizei einen Hinweis geben."

"Um Gottes willen, Norbert! Mach das bloß nicht. Ich habe schon Angst vor diesem Krupke, wenn er nur an mir vorbeigeht."

"Ja, der Kerl ist zu allem fähig, der bringt es fertig und tötet uns, wenn ihm danach ist."

"Das fürchte ich auch." Sie nimmt den Kaffeefilter aus dem Trichter, wirft ihn in den Abfalleimer unter der Spüle und geht mit der vollen Kanne in die Stube.

"Ah, das wurde aber auch Zeit", wird sie empfangen. Sie beißt ihre Zähne zusammen, um nichts zu sagen, füllt die Kaffeetassen und geht wortlos zurück in die Küche.

Aus der Stube dringt das Geräusch von Stühlen, die gerückt werden, die drei unangenehmen Gäste stehen auf, betreten die Küche und gehen durch die kleine, Grün gestrichene Holztür nach draußen.

"Wartet nicht auf uns, es kann spät werden", sagt Gerd zu seiner Schwester.

"Meinetwegen braucht ihr überhaupt nicht wiederzukommen!", faucht sie ihren Bruder an.

"Na, na, wer wird denn gleich so garstig sein? Ihr seid uns ja bald los, so lange müsst ihr uns noch aushalten."

"Was hatte deine Schwester denn?", wird Gerd draußen von Dieter Krupke gefragt.

"Wir gehen ihr auf die Nerven, sie fragt mich jeden Tag, wie lange wir denn noch bleiben."

„So schlimm kann es doch nicht sein. Der Einzige, der bei ihr wohnt, bin ich, ihr kommt doch nur zu Besuch." Er steigt auf der Beifahrerseite des Escort ein. Als er sitzt, ergänzt er noch: „Es ist doch nur noch bis morgen. Dann haben wir das Ding in Bremervörde hinter uns und wir trennen uns."

„Ich hab' das meiner Schwester schon gesagt, ich glaube, ihr Mann steckt dahinter."

„Was soll 's, der ist mir erst recht egal. Meinst Du, die haben den Schneid und gehen zu den Bullen?"

Gerd schnaubt verächtlich, „ach Quatsch! Mein Schwager ist 'ne Memme und meine Schwester hat auch genug Angst, keine Sorge."

Krupke wendet sich an Holger, der hinter dem Steuer sitzt. „Fahr' bis zur Festung und halt' dort vor dem Hohlgang hinter dem Wassergraben."

Die Fahrt zur alten Festung ist kurz, in zwei Minuten hat der kleine Wagen sein Ziel erreicht. Die Männer steigen aus und werden von Dieter Krupke zum Torhaus geführt.

„Was sind denn das für Fahrräder?", wundert sich Holger Perlinger. Es sind die Fahrräder von Thomas und Christine, sowie von Hans Hermann, die artig aufgereiht an der Wand des Torhauses lehnen.

„Man muss natürlich immer damit rechnen, dass hier Kinder und Jugendliche zum Spielen herkommen", versucht Gerhard Völkner zu erklären.

„Hattest Du uns nicht versichert, dass hier kein Mensch herkommt?", fragt Dieter Krupke gereizt.

„Das meine ich immer noch. Selbst, wenn hier Kinder unterwegs sind, können sie an die Kohle nicht ran, sie ist ganz hinten, an der dunkelsten Stelle im Torhaus. Außerdem haben wir ein dickes Schloss angebracht, das knackt man nicht so leicht." Er blickt zu Holger. „Du bleibst hier draußen und passt auf, ob Kinder kommen, ich gehe hinein und werde Gerd zeigen, dass unser Geld noch komplett vorhanden ist." Er schaltet die Taschenlampe ein und geht voraus. Als er auf den Boden leuchtet, bemerkt er missmutig die Abdrücke von Schuhen. Schließlich hat er die schwere Eisenklappe erreicht. Er fummelt den Schlüssel aus seiner Hosentasche und öffnet damit das Vorhängeschloss. Er drückt es Gerd zusammen mit der Taschenlampe in die Hand. „Hier halt' das mal, ich brauch' jetzt beide Hände."

Er fasst die schwere Klappe und zerrt mit beiden Händen an den verrosteten Griffen. Er ruckt und zerrt, langsam gibt die alte Klappe nach, quietschend und ächzend gibt sie ihr Geheimnis preis.

Der Schein der Taschenlampe, die Gerd hält, huscht in die Öffnung. Nur einen Schritt weiter steht die dunkelblaue Tasche.

„Siehst Du, was habe ich gesagt?" Triumphierend greift der Anführer nach dem Schulterriemen und zieht sie heraus. Er zieht den Reißverschluss auf, lautlos folgt der Lichtstrahl wie ein neugieriges Fabelwesen und leuchtet auf die vielen Bündel Geldscheine.

Dieter bückt sich und hebt einige hoch. „Siehst Du, es ist noch alles da, kann ich die Tasche jetzt wieder zurückstellen?"

Der Lichtstrahl scheint zu nicken, die Hand, die die Lampe hält, folgt der Bewegung des Kopfes. „Natürlich, das genügt mir."

„Das freut mich aber ehrlich, ich dachte schon, Du willst die Kohle nachzählen", antwortet der Anführer sarkastisch. Er schließt die Tasche, stellt sie hinter die Klappe und verschließt diese wieder mit dem Vorhängeschloss.

Draußen im hellen Licht blinzeln sie, bevor sie ihren Kumpel richtig erkennen können. "Alles da!", bemerkt Gerd kurz und bündig.

„Das wär' geklärt, was ist jetzt mit den Kindern?", fragt Krupke.

„Was soll mit ihnen sein?", will Holger Perlinger wissen.

„Die sind in der Nähe der Klappe gewesen, hinter der das Geld versteckt ist" sagt Krupke, mühsam um Geduld bemüht. „Ich möchte nicht riskieren, dass sie wiederkommen und dann eventuell das passende Werkzeug dabeihaben."

„So lange soll das Geld doch sowieso nicht mehr dableiben."

„Na, Du bist gut! Willst Du es darauf ankommen lassen? Falls sie morgen schon mit 'nem Bolzenschneider hier auftauchen, wäre das doch wohl zu früh. Überhaupt: Wo sind die eigentlich? Hast Du sie schon gesehen, Holger?"

„Nein, es ist weit und breit niemand zu sehen, hab' ich doch schon gesagt."

„Und die Fahrräder? Meinst Du, die sind zu Fuß nach Hause gegangen? Wir müssen sie eben suchen, das ist nicht zu ändern. Am Ende finden diese Rotznasen die Beute und wir gucken in die Röhre." Dieter Krupke hat eine steile Zornesfalte auf der Stirn. Bis jetzt hat alles so gut geklappt, nun kommen ihnen ein paar Knirpse in die Quere.

Holger hat einen Einfall. „Es kann doch sein, dass sie gar nicht hier sind, sondern unten an der Elbe, haben bloß ihre Räder hier abgestellt."

„Ja, könnte sein. Sieh Du mal nach, ich werde mit Gerd in der Festung suchen."

Holger Perlinger steigt die marode Treppe nach oben, um sich einen Überblick zu verschaffen. Er steht nun auf dem östlichsten Fundament, auf dem vor über einhundert Jahren vergleichsweise moderne Hinterlader-Geschütze gestanden haben. Weit reicht der Blick über die Elbe, unterbrochen durch zahllose Büsche und Bäume. Sorgfältig sucht er mit den Augen die ganze Gegend ab, doch von den Kindern ist nichts zu sehen. Misslaunig wird ihm klar, dass er runter zum Strand gehen muss, um dort zu suchen. Doch was ist das? Aus der Lüftungsöffnung der Kasematte unter ihm dringen Stimmen zu ihm herauf, Kinderstimmen!

„Hallo!", ruft er seinen Kollegen zu, um im selben Moment abzubrechen. So wie er die Kinder gehört hat, könnten sie ihn auch hören. Es nützt nichts, er muss den Wall wieder hinunter. In langen Schritten springt er die maroden Stufen hinunter. Da – sein Fuß tritt in eine Lücke zwischen den Steinen, er bleibt hängen und stürzt lang hin. „Aaah!" Laut schallt sein Ruf über die Anlage. Er ist mit dem Kopf aufgeschlagen, er fühlt warmes Blut in sein linkes Auge laufen. Mühsam rappelt er sich auf und humpelt mit schmerzendem Fuß den Wall hinunter.

Schließlich hat er seine Kumpel erreicht, die gerade aus einer der Kasematten kommen. Die sehen ihn verblüfft an.

„Wie siehst Du denn aus? Hast Du dich geprügelt?", frotzelt Gerd Völkner. „Wer hat gewonnen?" Er lacht laut über seinen eigenen Witz.

„Idiot! Ich bin gestürzt, weil ich euch schnell erreichen wollte!"

„Was war denn so schrecklich wichtig, dass Du dein Leben riskiert hast?", legt Dieter Krupke noch eins drauf.

„Ich seid so bescheuert! Es ist wirklich wichtig! Oben, an einer der Entlüftungsöffnungen auf dem Wall, kann man Kinder sprechen hören."

„Was!? Warum sagst Du das nicht gleich? Wo genau? Geh Du voraus!", ordnet ihr Chef an.

„Ich kann aber nicht so schnell", jammert der Verletzte und wischt sich notdürftig Blut aus dem Auge. Er humpelt, so schnell er kann, die Treppe hinauf. Oben angekommen, zeigt er auf die Haube des Entlüftungsschachtes. „Da, vor fünf Minuten wurde dort noch gesprochen", flüstert er.

Dieter Krupke beugt sich nach unten. Er hebt die Hand, „Ruhe jetzt!"

Keiner sagt etwas, die drei Verbrecher nähern sich mit ihren Ohren den Öffnungen in der hölzernen Haube.

Doch da! Eine Mädchenstimme ist zu hören: „Ich habe ja gleich gesagt, dass das Versteck vorne im Torhaus ist. Hier können wir noch lange suchen."

„Versteck? Torhaus?", flüstert Dieter Krupke verblüfft. „Es ist nicht zu fassen, dann haben die Gören tatsächlich unser so sicher scheinendes Versteck bemerkt."

„Was machen wir denn jetzt, Chef?" Holger Perlinger macht ein langes Gesicht.

„Ruhe!", zischt ihm ihr Boss zu.

Wieder ist eine Stimme zu hören, diesmal die eines Jungen: „Was wir wissen, genügt der Polizei. Wir kennen ihre Namen, wir haben ihre Fingerabdrücke und kennen ihre Aufenthaltsorte. Lasst uns hier aufhören, wir müssen alle zum Abendessen zu Hause sein."

„Mensch, Chef, die wissen alles!", jammert Holger Perlinger. „Was machen wir denn jetzt?"

Dieter Krupke sieht seinen Kumpel verächtlich an. Im Moment gibt er eine traurige Gestalt ab, seine Hose ist eingerissen, sein Gesicht blutverschmiert. „Du bist eine Memme. Wir müssen die Kinder zum Schweigen bringen, das ist doch wohl klar."

Holger Perlinger hebt beide Hände. „Ich bring keine Kinder um, damit will ich nichts zu tun haben."

„Wer spricht denn von Umbringen, Du Riesenross? Meinst Du, ich will den Rest meiner Tage im Knast verbringen? Wir müssen sie nur für eine Weile aus dem Verkehr ziehen. Solange, bis das Ding in Bremervörde gelaufen ist und wir mit dem Geld über alle Berge sind."

Thomas, Christine und Hans Hermann stehen mit ihren Taschenlampen in der dunklen Kasematte. Lediglich durch die Entlüftungsöffnung fast zehn Meter über ihnen, dringt ein schwacher Schein zu ihnen herunter. Thomas dreht seine Lampe und sieht in das schwächer werdende Licht. „Ich glaube, meine Batterie ist bald leer, wir sollten jetzt aufhören. Was meinst Du, Hans-Hermann? Du kennst das hier wie deine Westentasche: Gibt es noch andere Ecken, die sich besonders gut als Verstecke eignen würden?"

Der schlaksige Junge nickt, was seine Kameraden wegen der Dunkelheit kaum erkennen können. „Verstecke gibt es hier überall, ich denke nur an die vielen Löcher in der Ausmauerung der Kasematte, aber da könnte man durch Zufall drauf stoßen, das riskieren die Diebe sicher nicht. So richtig perfekt ist eigentlich nur die Waffenkammer im Torhaus. Da ist eine stabile Stahltür davor, mit einem kräftigen Schloss gesichert. Wer macht sich so eine Mühe, wenn er nicht etwas Wertvolles verstecken will?"

„Gut, dann lass uns hier und jetzt abbrechen. Geh Du voraus, Hans-Hermann."

Der geht mit seiner Taschenlampe voran. Der ehemals helle Kegel hat inzwischen viel von seiner Leuchtkraft verloren, er bringt nur einen blassen Fleck zustande. „Passt auf, hier rechts liegen einige Mauerbrocken!"

Wie die Gänschen folgen ihm Thomas und Christine. Sie ist froh, dass Thomas die Suche abgebrochen hat. Das finstere, nachtschwarze Gewölbe mit seinen Hindernissen und den vielen Unebenheiten, ist ihr unheimlich. Wasser tropft an manchen Stellen von der Decke, Spinnweben streichen ihr mitunter durch das Gesicht. Sie erschrickt jedes Mal zu Tode und ist anschließend erleichtert, wenn sich die Berührung als harmlos erweist und es sich nicht um einen gemeinen Höhlengeist handelt.

Hans-Hermann bleibt unvermittelt stehen. „Sag mal Thomas, das Tor war doch offen, als wir hineingegangen sind?"

„Ja, das stimmt, warum bleibst Du denn stehen?"

„Ich stehe vor dem Tor, es ist geschlossen." Er drückt mit der Hand auf etwas in der Finsternis. „Kannst Du mal meine Lampe halten? Hier muss irgendwo ein Riegel sein."

Thomas hilft Hans-Hermann beim Leuchten. Es ist ein hölzernes Tor, drei Meter hoch und zwei Meter breit, aus dicken Holzbohlen gefertigt. Sein Kumpel findet den Riegel, er stellt sich jedoch als offen heraus. Mit aller Kraft drückt er wieder gegen das Tor, er stöhnt leise vor Anstrengung. „Hilf mir mal, das Tor rührt sich nicht."

„Was ist denn da?", fragt Christine nervös, „ist das Tor verschlossen?"

„Ja, es scheint so. Kannst Du uns leuchten? Thomas und ich werden uns wieder gegen das Tor stemmen."

Die beiden Jungen setzen alle ihre Kräfte ein, aber das schwere Tor bewegt sich keinen Millimeter. Sie werden keinen Erfolg haben, denn draußen ist von den drei Ganoven ein stabiler Querriegel in dafür vorgesehenen Aussparungen befestigt worden.

Fünf Minuten später geben die Jungen erschöpft auf. Sie setzen sich im Dunkeln auf den Boden und ruhen einen Moment aus.

Bei Christine entstehen erste Sorgen. „Gibt es noch andere Ausgänge, Hans-Hermann?"

Der schüttelt müde den Kopf. „Nein, das ist die einzige Öffnung."

Er versucht, ihnen Hoffnung zu machen. „Spätestens morgen werden meine Freunde kommen und uns suchen. Die finden uns, ganz sicher."

„Morgen?!", ruft Christine entsetzt aus. Vor ihrem inneren Auge sieht sie sich die Nacht in diesem Verlies verbringen, durchgefroren und hungrig auf einem Mauerbrocken sitzend, die einzigen anderen Lebewesen sind einige neugierige Fledermäuse. Brrr, sie schlingt die Arme um den Leib, den nur eine dünne Bluse bedeckt.

„Ja, morgen", erwidert Hans-Hermann ungerührt, „Ich glaube nicht, dass heute noch etwas passiert, das wäre der reine Zufall. Aber morgen wird es klappen, da bin ich ganz sicher."

„Und wenn nicht? Es weiß ja keiner, wo wir sind."

„Nun mal nicht den Teufel an die Wand. Ich kenne meine Freunde, die werden mich sofort hier suchen. Aber wahrscheinlich erst morgen Nachmittag, nach der Schule."

In Christine breitet sich blanke Angst aus. So lange noch? „Wir haben nichts zu essen und zu trinken!"

Jetzt mischt sich Thomas ein. „Wenn es nur ein Tag ist, halten wir das leicht aus. Denk nur an Kapitän Bligh, der 1789 in einem völlig überladenen Ruderboot über vierzig Tage mit nur 60 Gramm Zwieback und 1/8 Liter Wasser pro Tag und Person auskommen musste."

„Na, Spaß hat ihm das sicher nicht gemacht - ich muss mal!"

„Du musst mit der Taschenlampe etwas nach hinten gehen, dort ist Platz genug", erklärt ihr Hans-Hermann.

Das ist ihr doch etwas zu unheimlich, sie versucht, es vorläufig zurückzuhalten.

Die Gauner sind inzwischen bei der Schwester von Gerhard Völkner in Abbenfleth eingetroffen. „Wann werden die Kinder gefunden werden, was meinst Du?", fragt Holger Perlinger ihren Anführer.

„Du gehst mir mit deinen Sorgen um die Kinder auf den Nerv. Was weiß denn ich? Vielleicht eine Woche? Du kannst ja in ein paar Tagen bei den Bullen anrufen und denen Bescheid sagen - wenn Du dich dann besser fühlst", setzt er noch hinzu. Ihm ist es egal, das Schicksal der Kinder bedeutet ihm nichts. Hauptsache, sie sind so lange ausgeschaltet, bis sie ihren Bruch morgen erledigt haben.

Michaels Vater ist eingeschlafen. Es ist kurz nach fünf am Nachmittag. Bis vor ein paar Minuten hat er seinen Sohn wegen jeder Kleinigkeit gerufen. Nun schläft er tief und fest. Er liegt auf dem Rücken und schnarcht leise.

Immer wieder sieht Michael zur Uhr. Er wäre so gerne bei der Suche in der alten Festung dabei gewesen! So eine spannende Sache! Aber er hängt hier rum und kann seinen Vater umsorgen, aber jetzt schläft er.

Er *muss* zur Festung! Er schreibt eine Notiz für seinen Vater, falls der ihn nachher vermissen sollte. Dann springt er nach unten, holt sein Fahrrad aus dem Keller und radelt los, so schnell er kann. Er fährt eine Abkürzung über den Stader Schneeweg, dann wird er nicht viel länger als eine halbe Stunde brauchen.

Es ist kurz nach sechs, als er die alte Festung erreicht. Von seinen Freunden ist nichts zu sehen. Ob sie wegen seiner Abkürzung aneinander vorbeigefahren sind? Dann wird er unverrichteter Dinge nach Hause zurückkehren müssen.

Doch da, was ist das? Aus der spiegelnden Oberfläche des Wassergrabens ragt der Griff eines Fahrradlenkers hervor. Die Klingel, die gerade noch zu sehen ist, kommt ihm bekannt vor.

Er findet im nahen Wäldchen einen langen Ast und fischt damit nach dem Fahrrad. Nach einigen Versuchen und einer nassen Hose, gelingt es ihm, das Rad zu bergen. Es ist Christines Fahrrad! Er wusste doch, dass er die rosa Klingel kennt! Es muss etwas passiert sein, niemals hätte sie zugelassen, dass ihr geliebtes Fahrrad in einem Wassergraben zurückbleibt.

Er fängt an zu rufen. „Thomas! Christine!" Immer wieder, dabei sucht er jeden Zipfel der alten Festung ab. Er sieht hinter jede Tür des ehemaligen Munitionslagers am Exerzierplatz, das Torhaus hat er auch untersucht, jetzt sind die Kasematten dran. Der vordere Teil ist leicht zu übersehen, Fenster, denen zum Teil die Scheiben fehlen, lassen Licht hineinfallen. Auch dort ist niemand zu sehen. Er tritt weiter in das Gewölbe hinein. Das Mauerwerk aus Ziegelsteinen sollte die Festigkeit gegenüber Kanonenkugeln verbessern, jetzt bilden die roten Ziegelsteinmauern eine beklemmende, bedrückende Höhle, die umso finsterer wird, je tiefer er hineingeht. Und immer wieder ruft er: „Christine! Thomas!" Er ist im hintersten Teil des Gewölbes angekommen, der Schein seiner Taschenlampe zuckt über rotes Mauerwerk und gleitet über eine ehemals grün gestrichene Tür. Die Farbe ist großflächig abgeblättert, sodass die kräftigen Bohlen sichtbar werden, aus denen sie hergestellt worden ist.

„Thomas! Christine!", ruft er in die Dunkelheit hinein. Und wieder: „Christine! Thomas!"

Die drei Kinder sitzen im Dunkeln, lediglich ein blasser Schein dringt aus der Belüftungsöffnung hoch über ihnen herunter. Die Taschenlampen haben sie abgeschaltet, um das letzte Licht für einen eventuellen Notfall aufzusparen. Sie sitzen dicht beieinander, gelegentlich sprechen sie, meistens schweigen sie und hängen immer trüber werdenden Gedanken nach. Christine hört man die Nase hochziehen, sie hat wohl geweint.

„Wenn man nicht schlafen kann, wird so eine Nacht wahrscheinlich besonders lang", spekuliert Thomas.

„Ja, und wenn man nichts sieht und nur an den Morgen denkt, noch viel länger", ergänzt Hans-Hermann.

„Nun hört doch endlich auf!", schimpft Christine. Ihre Stimme ist belegt. „Könnt ihr nicht lieber etwas Lustiges erzählen?"

„Tja, das könnte helfen, mir ist aber nicht danach", wirft Thomas ein.

„Halt! Da ist was. Still!" Flüstert Hans-Hermann.

Aufmerksam lauschen alle sechs Ohren in die Dunkelheit. Da, ganz leise hört man jemanden rufen. Jemand ruft ihre Namen! »Thomas« und »Christine« können sie verstehen, die Stimme dringt nur leise durch die dicke Tür.

Hans-Hermann fasst sich als Erster. Er schaltet die Taschenlampe ein und springt vor die Tür. Mit der Faust hämmert er dagegen. „Hallo! Hier sind wir!", ruft er. Dann dreht er sich nach hinten. „Könnt ihr mal sehen, ob ihr einen geeigneten Stein findet, mit dem man gegen die Tür schlagen kann?"

Die beiden nutzen das letzte Licht ihrer Lampen, dann findet Christine einen handlichen roten Ziegel. Mit dem kommt sie zur Tür und schlägt ihn mit all ihrer Kraft gegen das unüberwindbar scheinende Holz. Laut hallen die Schläge durch die Dunkelheit.

Michael steht vor der großen Tür. Es ist völlig still in der alten Festung, bestenfalls das Rascheln einer Maus ist zu hören. Da war doch was? Oder bildet er sich das ein? Er legt sein Ohr an das dicke Holz. Ganz deutlich sind Schläge zu hören. Da drinnen ist jemand! Er sucht mit der Lampe die Tür ab. Ein großer Balken liegt in entsprechenden Laschen und versperrt so das Tor. Er greift nach dem Riegel und hebt ihn aus seiner Halterung. Er ist schwer, Michael muss seine ganze Kraft aufwenden, um ihn anzuheben und abzulegen. Dann zieht er an dem Griff, er spürt, dass von innen dagegen gedrückt wird, das alte Holz knistert leise. Mit lautem Ächzen sperrt sich die alte Tür gegen die Bewegung, schließlich ist sie eine Schrittweite geöffnet. Stimmen dringen an sein Ohr, darunter unverkennbar die helle Stimme von Christine.

„Michael!" Sie läuft zu ihm, legt ihre Arme um ihn und fängt an zu weinen.

Es folgen Thomas und der Junge von der Festung, Hans-Hermann.

„Mensch, Michael! Du kommst wie auf Bestellung. Es ist toll, dass Du da bist, aber wieso kommst Du jetzt?", wundert sich Thomas.

Michael berichtet kurz von seinem erkrankten Vater, und dass er es nicht länger zu Hause ausgehalten hatte. „Erzählt doch mal, was ihr erlebt habt, das ist doch viel spannender."

Thomas berichtet von ihrer Vermutung, dass das Geld von der Bank wahrscheinlich vorne im Torhaus im alten Waffenschrank eingeschlossen ist. Dann wollten sie noch die Kasematten absuchen und sind dann eingesperrt worden.

„Waren das die Bankräuber?", fragt Michael atemlos.

„Wir haben niemanden gesehen, aber ich bin ziemlich sicher, dass sie es waren", sagt Thomas grimmig.

„Wie geht es jetzt weiter?", möchte Christine wissen. „Unsere Eltern vermissen uns bestimmt schon. Was ist mit der Polizei?"

„Wie kommt ihr nach Hause, das ist auch eine wichtige Frage", wirft Michael ein. Er erzählt, dass er Christines Fahrrad aus dem Wassergraben gefischt hat. „Die beiden anderen Räder liegen wahrscheinlich auch darin."

„Was? Das sind bestimmt auch die Bankräuber gewesen, die wollten alle Spuren beseitigen, diese Verbrecher", Thomas ist inzwischen sicher, dass es die drei Ganoven waren, die sie eingesperrt haben. „Ich denke, am besten ruft Christine zu Hause bei ihren Eltern an, die können sie dann abholen und ihr Vater wird dann schon wissen, was zu tun ist."

„Ich schlage vor, ihr kommt erst mit zu mir. Ich wohne in Barnkrug, das ist hier ganz in der Nähe, von dort kann Christine telefonieren." Hans-Hermanns Vorschlag wird von allen für gut befunden. Sie gehen auf Feldwegen nach Barnkrug, einem kleinen Ort am Obstmarschenweg. Michael und Christine schieben ihre Räder, während sie sich unterhalten.

„Bekommst Du Ärger mit deinem Vater, weil Du abgehauen bist?", möchte Thomas wissen.

Michael zuckt mit den Schultern. „Bei meinem Vater weiß man das nie so genau. Wenn er erfährt, dass ich euch gerettet habe, gratuliert er mir vielleicht sogar, oder er tobt, weil ich mich in „polizeiliche Ermittlungen" eingemischt habe, obwohl er es doch verboten hatte."

„Ich werde deinem Vater alles erklären, dann tut er dir bestimmt nichts," schlägt Christine vor.

„Das würdest Du tun?"

„Na, hör mal! Du hast uns fast das Leben gerettet, das muss dein Vater doch anerkennen. Ich habe keine Angst vor ihm."

In dem Haus in der Horststraße in Stade ist Abendbrotzeit. Der Vater, Hauptkommissar Hansen, ist mit einer kleinen Verspätung zu Hause eingetroffen. Der Tisch ist mit Leckereien aus der Speisekammer und dem Kühlschrank gedeckt. Dieses Mal blieb die Arbeit am Sohn der Familie hängen. Sonst ist es oft die Tochter, Christine, die den Tisch für die Familie deckt.

Die Mutter ist oft später zu Hause, als ihr Mann, das bringt der Job als Verkäuferin in einem Kaufhaus in der Innenstadt mit sich.

„Kommst Du zum Essen, Papa?", ruft Christian seinen Vater. Seine Mutter hat gerade das Tee-Ei aus der Kanne genommen und stellt sie nun auf den Tisch.

„Vielen Dank für deine Mühe", lobt sie ihren Sohn. „Wieso ist Christine noch nicht zu Hause? Hat sie dir gesagt, wohin sie wollte?"

„Ja, ich habe sie am Nachmittag zuletzt gesehen, sie wollte zu Thomas, wie immer."

„Aber sie bleibt doch nicht länger, ohne Bescheid zu sagen?"

„Vielleicht trudelt sie jeden Moment ein", versucht Christian seine Mutter zu beruhigen.

Der Kommissar kommt an den Esstisch und setzt sich auf seinen Platz. Er blickt sich um. „Ist Christine gar nicht da? Sie ist doch sonst immer die Erste."

„Sie ist zu Thomas gefahren, seitdem haben wir nichts von ihr gehört", sagt Christian.

„Lasst uns erst mal essen. Wenn sie danach immer noch nicht da ist, werden wir nach ihr suchen müssen."

Bei den Mareks fehlt jetzt das einzige Kind. „Weißt Du, wo Thomas ist?", fragt Herr Marek seine Frau.

„Nein, Schatz. Als ich von der Arbeit gekommen bin, war er nicht hier. Er legt sonst, für den Fall, dass er später kommt, immer einen Zettel mit einer Notiz auf den Küchentisch. Aber da war nichts."

„Hm, das ist ja seltsam. Ich werde gleich bei den Eltern seiner Freunde anrufen."

„Warte doch bis nach dem Abendessen, weit kann er ja nicht sein."

Michaels Vater ist inzwischen aus seinem Genesungsschlaf aufgewacht. Er hat ein paar Mal nach seinem Ältesten gerufen, ohne Erfolg. „Andreas!" Laut schallt die Stimme von Herrn Heinze durch die Wohnung.

Mit der Beklemmung, die er immer fühlt, wenn er vom Vater gerufen wird, läuft Michaels Bruder ins Schlafzimmer.

„Wo ist Michael? Der sollte doch zu Hause sein."

„Weiß ich nicht, Papa."

„Na, der kann was erleben, verschwindet still und heimlich, während ich schlafe! Der soll sich hier mal blicken lassen!" Er erhebt sich erschöpft aus dem Bett und geht langsam in die Stube. „Andreas, Du kannst mal den Fernseher einschalten und mir die Programmzeitschrift bringen."

„Ja, Papa."

„Ach ja, eine Decke wäre nicht schlecht."

„Mach ich", der Kleine saust herum und macht, was sein Vater will. Er hat gelernt, nicht zu widersprechen und die Wünsche seines Vaters zu erfüllen.

Bei Familie Hansen in der Horststraße klingelt das Telefon. Die Eltern und der Bruder von Christine sind eben mit dem Abendbrot fertig. Die Mutter springt auf und läuft zum Telefon. „Das ist sicher Christine! - Hansen?", meldet sie sich und hört einen Moment zu.

„Du meine Güte! *Was* ist euch passiert? Aber dir geht es gut, oder?" Sie deckt die Sprechkapsel mit einer Hand ab und ruft ihren Mann. „Werner? Kannst Du mal kommen?" Sie übergibt ihrem Mann den Hörer. „Da ist was mit den Bankräubern, die haben die Kinder eingesperrt."

„Christine? Wie geht es dir?" Der Vater lauscht in den Hörer und nickt dazu. „Gut, ich werde gleich die Schutzpolizei informieren. Meinen Kollegen vom Raub werde ich auch gleich anrufen, Feierabend hin oder her. Na, der wird sich wundern!"

Er lauscht wieder in den Hörer. „Wo sollen wir euch abholen? Bei Hans-Hermann Butt? Gut, wo wohnt er?"

„In Barnkrug, in der Barnkruger Straße 35[1], das ist neben der Einfahrt zum Kaufhaus Suhr", teilt ihm seine Tochter noch mit.

„Gut, meine Kleine, ich komme, so schnell ich kann! Vielleicht ist die Polizei noch vor mir da."

Von da an geht alles ganz schnell. Der nächste Anruf des Hauptkommissars geht an die Polizeiwache in Drochtersen, der nächste an seinen Kollegen Engelmann von der Fachgruppe Eigentumsdelikte.

„Rudolf, hier ist Werner. Entschuldige bitte, dass ich Dich in deinem Feierabend störe, aber es ist sehr wichtig."

„Ja, ich weiß, das ist es ja immer, was ist es diesmal?"

---

[1] Seit ein paar Jahren ist in Barnkrug umnummeriert worden, statt 35 heißt die Hausnummmer nun 57

„Wie weit bist Du mit den Ermittlungen des Banküberfalls aus Stade vom 8. August?" „Noch nicht weiter?" „Es scheint so, als ob die Kinder den Fall gelöst haben."

Kommissar Engelmann schnappt hörbar nach Luft. „Kinder? Welche Kinder? Doch nicht etwa *die* Kinder!"

„Genau die. Komm bitte nach Barnkrug, dort hole ich meine Tochter und ihre Freunde ab, die hat mir eine unglaubliche Geschichte erzählt." „Gut, bis gleich, ich werde in ca. einer Viertelstunde dort sein."

Er wirft ohne Abschiedsgruß den Hörer auf das Telefon und eilt in sein Arbeitszimmer, um die Dienstwaffe aus der verschlossenen Schublade im Schreibtisch zu holen. Ein rascher Abschiedskuss für seine Frau, dann stürzt er nach draußen. Das „Sei bitte vorsichtig!", von ihr ahnt er mehr, als dass er es noch mitbekommt.

Während der Fahrt auf dem Obstmarschenweg malt er sich mögliche weitere Schritte aus. Das Geld ist nicht so wichtig, entscheidend ist es, die Täter festzusetzen. Dazu werden ihm die »Hobbykriminalen« noch einiges sagen müssen.

Auf der einen Seite freut er sich, dass Christine und ihre Freunde so erfolgreich waren, jedenfalls deutlich erfolgreicher als seine Kollegen vom Raub, auf der anderen Seite ist und bleibt so etwas für Kinder zu gefährlich. Das wird er den Kindern auch deutlich sagen, verdammt noch mal!

Als er die Einfahrt zur Barnkruger Straße erreicht, ist sein Kollege noch nicht da. Stattdessen kommt Christine aus der Tür gesprungen und läuft auf ihn zu. Im selben Moment hat er vergessen, dass er eigentlich mit der Rasselbande ins Gericht gehen wollte. Er beugt sich zu ihr hinunter und schlingt die Arme um sie. „Meine Kleine, wie schön, dass Du gesund bist."

„Ja, Papa, gut, dass Du da bist." Sie lächelt wieder, ihr Gesicht ist schmutzig und nass von Tränen, die sie mit dem Ärmel ihrer schmutzigen Bluse abgewischt hat.

Zwei Polizisten in grüner Uniform stehen ebenfalls auf der Auffahrt, an deren hinterem Ende das kleine Kaufhaus von Erika Suhr zu sehen ist. Kommissar Hansen geht auf die Polizisten zu und schüttelt ihnen die Hand. „Guten Abend meine Herren, gut, dass Sie da sind. Ich vermute, wir müssen auf Verstärkung aus Stade warten, das werde ich gleich klären."

Hinter Christine stehen jetzt die Jungs, Thomas, Michael und Hans-Hermann. Der Kommissar fixiert die Drei und versucht, ernst auszusehen. „So, jetzt erzählt mal, was euch passiert ist."

Thomas beginnt und berichtet, wie sie zur alten Festung gefahren und nach dem gestohlenen Geld gesucht haben.

„Wir wissen, wo es ist, ich habe das Schloss wiedererkannt", mischt sich Christine ein.

„Sehr gut, meine Kleine, das werden wir später überprüfen."

In diesem Moment kommt der schwarze Golf von Kriminalhauptkommissar Engelmann auf den Hof gefahren. Er steigt aus und gibt seinem Kollegen die Hand. „Hallo, Werner. Jetzt bin ich mal gespannt, ob sich die Tour nach Feierabend gelohnt hat."

Sein Kollege grinst. „Ganz sicher. Ich würde mich an deiner Stelle fragen, wie es passieren konnte, dass dir ein paar Heranwachsende gezeigt haben, wie man Gauner fängt!" Er lacht, blickt seine Tochter an und kneift ihr ein Auge.

„Ist ja gut, noch haben wir keinen der Bankräuber und auch das Geld ist noch nicht gefunden", antwortet sein Kollege etwas pikiert.

„Ach, stell dich nicht so an! Lass uns jetzt weitermachen, die Zeit drängt", fährt Hauptkommissar Hansen fort. „Meine Tochter und ihr Freund haben uns gerade berichtet, dass sie das vermutliche Versteck des Geldes entdeckt haben und danach von Unbekannten eingesperrt worden sind." Er wendet sich an Michael, der ist aufgeregt, weil er endlich seinen Teil der Geschichte loswerden möchte. „Jetzt kommt unser junger Freund ins Spiel, denn er hat meine Tochter und ihre beiden Freunde befreit. Michael, erzähl Du bitte weiter."

Der blonde Junge berichtet, dass er das Fahrrad von Christine aus dem Wassergraben gefischt hat. „Wenn wir dort weitersuchen, werden wir sicher auch die Räder von Thomas und Hans-Hermann finden!" Später hat er den Riegel vor der Tür zur hinteren Kasematte entfernt.

„Siehst Du, Rudolf. Hier muss unsere Spurensuche ansetzen. Fußabdrücke, Reifenspuren, eventuell Fingerabdrücke, das ganze Programm", wendet sich Kommissar Hansen an seinen Kollegen. „Zuerst sollten wir aber zum Treffpunkt der Verbrecher fahren, mit etwas Glück können wir sie heute noch festnehmen." Er blickt auf die Uhr. „Unsere Verstärkung aus Stade sollte jeden Moment eintreffen, sobald sie hier sind, greifen wir zu. Wie ist deine Meinung, Rudolf?"

Kommissar Engelmann wirkt verschnupft, Kollege Hansen mischt sich mehr in die Arbeit des Raubdezernates ein, als Engelmann ihm zugestehen würde. Er sieht jedoch ein, dass jetzt entschlossenes Handeln erforderlich ist. „Du hast ja schon alles in die Wege geleitet, jetzt bleibt mir nicht mehr viel."

Kommissar Hansen hebt beide Hände: „Schon gut, schon gut. Ich wollte dich nicht arbeitslos machen, ich bin nur zufällig zuerst informiert worden." Er wendet sich an Thomas.

"Du kannst mir doch bestimmt zeigen, wo der Unterschlupf der Verbrecher ist?"

"Ja!" Laut platzt es aus Thomas heraus. "Das ist hier ganz in der Nähe, in der Abbenflether Hafenstraße."

"Gut, ich schlage vor, Du setzt dich zu mir ins Auto und wir fahren ganz harmlos die Straße entlang. Du zeigst mir, wo die Gangster hausen, dann kehren wir wieder um."

Oh, Mann! Thomas ist ganz aufgeregt. Er soll einem richtigen Kommissar helfen! Davon hat er nie zu träumen gewagt. So nickt er nur heftig, er hätte bestimmt kein Wort herausgebracht.

Er sitzt auf dem Beifahrersitz im Dienstwagen des Kommissars, so wie ein richtiger Kommissar hier auch sitzen würde.

"So, mein Jung, wie muss ich jetzt fahren?"

"Sie müssen gleich links abbiegen, in die Abbenflether Hafenstraße."

Kommissar Hansen lenkt den grauen Dienstwagen in die einzige Straße des kleinen Ortes, außer dem Verbindungsweg zu der alten Festung.

"Jetzt geht es ein Stück geradeaus, es ist kurz vor der Durchfahrt durch den Deich, auf der rechten Seite."

Scheinbar gemütlich zuckelt der Opel Ascona die Straße entlang. Thomas ist furchtbar aufgeregt, es fällt ihm schwer, ruhig sitzen zu bleiben. Jetzt wird es sich gleich erweisen, ob ihre Beobachtung der Bankräuber hilfreich gewesen ist. Tief atmet er ein und aus, um sich zu beruhigen. "Da, es ist das kleine Haus mit dem Satteldach und dem Efeu am Giebel." Er zeigt mit dem Finger in die Richtung. "Sehen Sie, der bronzefarbene Ford Escort ist auch da, dann sind die Gauner auch da!" Seine Stimme ist heiser vor Aufregung.

Der Kommissar fährt gleichmäßig weiter, er darf jetzt nicht auffallen. Er durchfährt die Lücke im Deich und hält auf dem kleinen Parkplatz am Sperrwerk an der Bützflether Süderelbe. Aus dem Handschuhfach nimmt er sich ein Funkgerät heraus. Dabei erkennt Thomas eine Waffe im Schulterholster des Kommissars. Oh Mann, eine richtige Pistole!

Der Beamte spricht in das Gerät. „Rudolf, kannst Du mich hören?"

„Ja." Aus dem Gerät ist ein leises Knacken zu hören, dann spricht Kommissar Hansen weiter.

„Die Gauner sind offenbar im Haus. Ist die Verstärkung aus Stade eingetroffen?" „Das ist gut, dann können wir loslegen. Zwei Leute sollen sich hinter dem Haus verstecken, zwei werden mit mir zum Eingang des Hauses gehen." Er blickt zu seinem jungen Beifahrer. „Was machen wir jetzt mit dir? Du musst in Sicherheit sein, wenn wir die Gauner verhaften, sonst komme ich in Teufels Küche."

„Ich könnte doch hier aussteigen. Ich warte hier am Sperrwerk, bis alles vorbei ist."

Der Kommissar überlegt einen Moment. „Gut, so machen wir es. Du musst mir versprechen, dich nicht von hier fortzubewegen." Thomas hat gerade beide Füße draußen und die Autotür zugeworfen, da saust der Kriminaler mit seinem Auto davon, um mit den Polizisten den Ablauf zu besprechen.

Derweil steht Thomas mit klopfendem Herzen am Absperrgeländer des Sperrwerkes und sieht auf die Süderelbe und die etwa 200 Meter entfernte Elbe hinunter. Friedlich ist es hier, eine kleine Jolle fährt von der Elbe herein in die Richtung des kleinen Hafens an der Bützflether Süderelbe.

In dem kleinen Haus an der Abbenflether Hafenstraße herrscht wieder dicke Luft. Es ist weniger der Rauch aus den Zigaretten der unbequemen Gäste, die Stimmung ist wieder auf dem Tiefpunkt. Heute ist Montag. Norbert Tiedemann und seine Frau sind inzwischen von der Arbeit gekommen und müssen sich jetzt wieder mit ihrem Bruder, dessen Cousin und der Knastbekanntschaft des Bruders arrangieren.

Norbert Tiedemann und seine Frau halten sich wieder in der Küche auf, um ihren unangenehmen Gästen möglichst aus dem Weg zu gehen.

„Mein Bruder hat mir vorhin gesagt, dass er und seine Freunde uns morgen endgültig verlassen werden."

„Na, Gott sei Dank, das wurde aber auch Zeit, ich kann mich in meinem eigenen Haus nicht frei bewegen", kommentiert ihr Mann.

„Ja, ich mache auch drei Kreuze, wenn die endlich fort sind", stimmt sie ihm zu.

Dieter Krupke, »der Lange« mit den schwarzen Haaren, ist im Bad, das sich im Obergeschoss unter dem Dach befindet. Er wäscht sich die Hände, trocknet sie ab, und zündet sich eine Zigarette an, er hat es nicht eilig. Ihn beschäftigen der Bankraub morgen und die Kinder, die offenbar zufällig die Spur zu ihnen gefunden haben. Er blickt sich in dem kleinen Raum um, kein Aschenbecher, er klopft die Asche achtlos ab, lautlos rieselt sie auf den mit graugrünem Linoleum belegten Boden. Er ist mit den Gedanken bei seinen Plänen. Es ist nicht so gelaufen, wie er es geplant hat. Jetzt muss alles schnell gehen und er und seine Komplizen müssen schneller verschwinden, als vorgesehen.

Als er die Zigarette bis zum Filter geraucht hat, wirft er den Zigarettenstummel in die Kloschüssel und betätigt die

Wasserspülung. Er verlässt den kleinen Raum und bleibt vor der Tür stehen. Nachdenklich sieht er aus dem kleinen Dachfenster. Der Blick geht nach Süden hinaus, er reicht an den Nachbarhäusern vorbei bis zu den angrenzenden Wiesen.

,Was ist denn da hinten los?', fragt er sich halblaut. Zwei Männer sind eben aus einem Auto gestiegen, das an dem kleinen Weg hält. Er kneift die Augen zusammen, und versucht, ein paar Einzelheiten zu erkennen. Was ist das heute Abend für ein merkwürdiger Betrieb in diesem gottverlassenen Nest? Dann glaubt er zu wissen, warum die Männer dort halten: Bullen! Da! Ein weiterer Wagen! Er versucht, ruhig zu bleiben. Was jetzt? Wieso rückt die Polizei hier an? Dann kommt ihm ein erschreckender Gedanke: Die Kinder! Die verdammten Gören! Irgendwie sind sie aus dem Loch rausgekommen! Das war eigentlich nicht möglich, aber offenbar ist es doch passiert. Sie scheinen das Unmögliche geschafft und sogar die Bullen informiert zu haben. Verdammt! Er beschließt, sich alleine abzusetzen, genau! Dann sind seine Chancen zu entkommen, viel größer. Wenn er Holger und Gerd mitnimmt, kann er den leisen Abgang, den er jetzt plant, vergessen. Die beiden stellen sich immer so dämlich an. Mit etwas Glück kann er in den nächsten Tagen sogar das Geld aus dem Versteck holen. Er muss jetzt zuerst an sich denken, das hätten Gerd und Holger bestimmt auch so gemacht, wenn sie die Möglichkeit gehabt hätten. Er hat darauf geachtet, dass er einen der beiden Schlüssel für das Vorhängeschloss behalten hat, man weiß ja nie.

Jetzt geht es fix. Er läuft leise nach unten, schnappt sich seine Jacke und schlüpft lautlos durch die Hintertür nach draußen. Seine Pistole und seine gut gefüllte Geldbörse hat er bei sich.

Er weiß, dass sich auf der anderen Seite des Deiches die Lagerhalle des Segelvereins befindet, dort wird er sich vorerst verstecken. An der Stelle hat früher das Abbenflether Fährhaus gestanden. Eine Fähre über die Bützflether Süderelbe gibt es nicht mehr, das Land auf der anderen Seite gehört seit zwanzig Jahren der Großchemie. Er läuft hinter dem Haus durch den Garten, springt über den niedrigen Zaun und weiter durch die Gärten hinter den anderen Häusern vorbei. Schließlich hat er den Deich erreicht, tief gebückt klettert er hoch und läuft auf die graue Lagerhalle zu.

Er hat nicht bemerkt, dass er von Polizeimeister Wolfgang Kruse, einem Mitglied des Sonderkommandos, bemerkt worden ist. Der Polizist steht in der Deichdurchfahrt und ist für ihn nicht zu sehen. Jetzt spricht er in sein Funkgerät und gibt die Position des Flüchtigen durch, dann folgt er Dieter Krupke, der gerade durch eine Seitentür in der Lagerhalle verschwunden ist. Er entsichert seine Pistole, stellt sich seitlich an die Tür und reißt sie auf: „Stehenbleiben! Polizei!", ruft er. „Kommen Sie mit erhobenen Händen heraus!"

Erschrocken hält Dieter Krupke inne. Wo kommt der Polizist plötzlich her? Wie ist das möglich? Er hat doch auf alles geachtet! Er flüchtet in das Büro des Segelvereins, öffnet das Fenster und springt auf den Parkplatz. In langen Sätzen läuft er zum Sperrwerk hinüber. Polizeimeister Kruse gibt einen Schuss in die Luft ab, um ihn zum Stoppen zu bewegen. Laut schallt der Knall über das Land vor dem Deich. „Stehenbleiben! Polizei!" Der Gauner läuft jedoch weiter, auf das Geländer am Wasserlauf zu.

Dort steht ein Junge, der sich jetzt erschrocken umdreht. Den Mann, der auf ihn zugelaufen kommt, kennt er. Es ist der Anführer der Bankräuber, »der Lange«.

Dieter Krupke sieht den Jungen mit den schwarzen Haaren am Geländer stehen. Verdammt, er kennt den Bengel von irgendwoher - egal. In wenigen Sätzen hat er ihn erreicht, ergreift mit hartem Griff den Arm des Jungen und drückt ihm seine Pistole in die Seite.

„Ich habe einen Jungen, wenn ihr euch nicht zurückzieht, werde ich ihn erschießen!", laut klingt sein Ruf über den Parkplatz vor dem Sperrwerk.

Polizeimeister Kruse duckt sich hinter einem abgestellten Auto und spricht in sein Funkgerät. „Einem der mutmaßlichen Bankräuber ist es gelungen, zu entkommen. Er hat einen Jungen in seiner Gewalt, er ist bewaffnet. Seine Position ist direkt vor dem Sperrwerk. Ende."

Der Druck des harten Laufes schmerzt. Thomas sieht zu dem Mann hoch, er ist groß und kräftig, schwarze Haare hängen im wirr in die Stirn. Thomas hat Angst. Auf was hat er sich mit dieser Detektivspielerei eingelassen? Hätte er sich nicht lieber mit seinem Segelflugzeug beschäftigen sollen? Das ist genau das, wovor die Eltern gewarnt haben: Die Gangster sind absolut skrupellos.

„Denkt an den Jungen!", ruft der Mann wieder. „Ich will ein Fluchtfahrzeug!"

Der Polizist, der hinter dem dunklen Wagen verborgen den Bankräuber beobachtet, gibt die neueste Information an seine Zentrale weiter, in diesem Fall ist es Hauptkommissar Rudolf Engelmann. Sein Kollege Hansen ist als Mordermittler nicht zuständig, der agiert nun als Vermittler zwischen den beiden Eingreiftruppen.

Thomas beobachtet nervös und ängstlich jede Bewegung des Verbrechers. Wenn der auf ein Fluchtfahrzeug warten will - das kann dauern. Verdammter Mist!

Plötzlich bricht der Gauner zusammen, lautlos ist Etwas angeflogen gekommen und hat ihn an der Stirn getroffen. Jetzt liegt er da, offenbar bewusstlos, etwas Blut sickert aus einer Wunde an der Stirn.

Thomas reagiert sofort. Er springt nach der auf dem Boden liegenden Pistole und läuft, so schnell er kann, mit der Waffe auf das Auto zu, hinter dem sich der Polizist verbirgt.

Am Rand der Böschung zur Süderelbe kommt ein Junge hervor, seine Haare sind triefend nass, er ist nur mit einer Unterhose bekleidet. Es ist Michael, in der Hand hält er seine Zwille, mit der er so gut umzugehen versteht, wie sonst niemand.

Hinter ihm klettern noch drei weitere Jungen die steile, grasbewachsene Böschung herauf. Es sind die Mitglieder der Wachmannschaft des Forts, Martin, Sven und Daniel. Zwei von ihnen haben ein Seil bei sich, das sich jetzt als überflüssig erweist. Aus der Deichlücke kommt Hans-Hermann gelaufen, er hält eines der drei Walkie-Talkies von Herrn Senftleben in der Hand. Ein zweites Gerät hat Daniel in einer Plastiktüte bei sich.

Plötzlich ist der eben noch leere Platz erfüllt von Menschen. Der Polizist Kruse hat eben die neueste Meldung an Rudolf Engelmann weitergegeben und geht nun auf den am Boden liegenden Verbrecher zu, die Waffe auf ihn gerichtet.

Aus dem eben eingetroffenen Polizeiwagen springen Hauptkommissar Engelmann und drei weitere Polizisten heraus.

Als Dieter Krupke wieder zu Bewusstsein kommt, sieht er sich mit Handschellen gefesselt und von Polizeibeamten umzingelt. Er blickt verwirrt um sich. Man setzt ihn in einen Streifenwagen, dann geht es ab nach Stade ins Gefängnis.

Zwei Wochen später werden Christine Hansen und alle Jungen - Thomas, Michael und die Jungs von der Wachmannschaft aus Grauerort, zur Polizei nach Stade eingeladen. Der Polizeirat hat eine Feierstunde vorbereiten lassen, es gibt Kuchen und Kakao, beziehungsweise Kaffee für alle Eltern, die dabei sein können. „Guck mal Michael, Kakao!", flüstert Christine ihrem Freund ins Ohr.

„Meine verehrten Gäste, liebe Kinder!" Es folgt eine lange Rede. „Ich bedanke mich für die erstaunliche Leistung unserer Nachwuchs-Detektive. Es wurde nicht nur das geraubte Geld fast vollständig gefunden, wir werden drei schon lange gesuchte Verbrecher dem Staatsanwalt zuführen können. Dank der sorgfältigen Beobachtung, den peniblen Aufzeichnungen und den gefundenen Fingerabdrücken ist die Beweislage eindeutig und wird die Überführung der Verbrecher in den Strafvollzug sichern."

Die Jugendlichen sehen sich verstohlen an. Sie haben nicht wirklich erwartet, dass ihre Arbeit, die lediglich als Spielerei begonnen hatte, so erfolgreich enden würde.

Der Polizeirat greift neben sich und hebt einige Blatt Papier hoch. „Wir haben etwas für Euch vorbereitet. Mit finanziellen Zuwendungen ist es bei Behörden immer schwierig, deshalb habe ich vorgeschlagen, dass ihr alle eine Urkunde erhaltet. Kommt bitte zu mir an den Tisch."

Aufgeregt stehen die sieben Jugendlichen auf und stellen sich mit klopfendem Herzen vor dem Leiter der Stader Kriminalpolizei auf.

Mit einem Lächeln im Gesicht überreicht der Polizeirat jedem eine wichtig erscheinende Urkunde. Mit großen Buchstaben steht darauf:

»Die Polizei Stade bedankt sich für die erfolgreiche Arbeit von« - es folgt der Name eines jeden - *»die zur Überführung von drei lange gesuchten Bankräubern führte.«*

Darunter prangt ein großer, wichtig aussehender Stempel mit der Unterschrift des Polizeirats.

Der sieht die Gruppe der Jugendlichen an und wendet sich dann an Thomas Marek. „Man hat mir erzählt, dass Du die Idee zu der Detektivarbeit gehabt hast?"

„Ja, Herr Polizeirat", druckst Thomas mit rauer Stimme, mit feuchten Fingern hält er seine Urkunde.

„Gut gemacht, Herr Meisterdetektiv!", fährt der leitende Polizist mit einem Lächeln fort und drückt ihm die Hand.

Als die sechs Jugendlichen wieder draußen vor dem Polizeigebäude stehen, blicken sie sich verlegen an.

„Mann, Mann, wer hätte gedacht, dass es so ausgeht", sagt Hans-Hermann.

„Na, ich auf jeden Fall nicht", stimmt Daniel zu.

Die Hobbydetektive verabschieden sich voneinander. „Dann macht's gut! Vielen Dank für eure Hilfe! Wir sehen uns bald!" Rufen alle durcheinander.

Nun stehen Thomas, Michael und Christine allein auf dem Bürgersteig in der Teichstraße. Ihre Eltern unterhalten sich ein paar Meter entfernt.

Christine blickt in die Runde. „Und nun? War's das jetzt und jeder geht seiner Wege?"

Thomas blickt auf seine Schuhe. „Na ja, wenn sich was bietet... also, wenn sich zufällig etwas ergibt..."

„Genau" sagt Michael, „dann könnte man ja mal sehen, ob man da eingreifen könnte..."

Christine lacht vor sich hin. „Na, kommt schon ihr zwei, heute passiert kein Verbrechen mehr, die Eltern haben uns ein Eis versprochen."

Dann gehen die drei eingehakt hinüber zu ihren Eltern.

Nachwort

Hat Ihnen dieser Roman gefallen? Vielleicht interessieren Sie sich für die anderen Romane des Autors?
Unter seinem richtigen Namen sind, mit diesem, fünf lokale Kriminalromane erschienen. Die ersten drei sind die Fälle des Kommissar-Gespannes Krüsmann und Hansen. Sie spielen in der Niederelberegion zwischen Stade und Cuxhaven.

- Der Kreidestrich

  ist ein Krimi, der vor fünfzig Jahren handelt, die Zementfabrik in Hemmoor spielt eine wichtige Rolle. Hier findet eine vor den Schergen ihres Zuhälters geflohene Prostituierte Arbeit. Dieser Roman ist der erste Fall der Kommissare Krüsmann und Hansen.

- Fähre ins Jenseits

  Der zweite Fall der Kommissare Krüsmann und Hansen. Auf der Schwebefähre in Osten wird der ehemalige Kommandant eines Konzentrationslagers von einem früheren Häftling wiedererkannt. Um der Bestrafung zu entgehen, beginnt eine Spirale des Todes.

- Die Chemie stimmt

  Ein Chemieriese will an der Elbe bei Stade ein neues Werk errichten.
  Die Besitzer der Ländereien wittern das große Geschäft, Neid auf den Besitz des anderen entsteht.

Ein junges Paar gerät in die Verstrickungen zwischen den Landbesitzern, an einem Mord muss sich ihre Liebe beweisen.
Die Hoffnungen und Sorgen der Anwohner der Industriegiganten werden lebendig.

Unter dem Pseudonym »Allan Greyfox« sind von Peter Eckmann bisher folgende Bücher erschienen:

- Töchter des Stahls – Amerika von 1922 – 1947

  Ein historischer Roman

  Der Werdegang eines jungen Mannes wird beschrieben, sowie die Entwicklung eines schönen und reichen Mädchens. Die schwierigen Zeiten mit ihren Verbrechern und der Not der damaligen Zeit wird mit ihnen lebendig. Die Geschichte der Protagonisten findet in den folgenden Hardboiled Krimis ihre Fortsetzung.

- Der Tod im Paradies

  Ein scheinbar einfacher Fall entwickelt sich zu einem ausgewachsenen Verbrechen. Privatdetektiv Mike Callaghan lernt bei seinem ersten größeren Fall Freunde, Verbrecher und ein hübsches Mädchen kennen.

  Der Roman schließt nahtlos an den historischen Roman „Töchter des Stahls" an. Das junge Mädchen und der erfahrene Detektiv entdecken ihre Freude aneinander, als auch an der Detektivarbeit.

- Schwarze Weihnachten in Manhattan

Ein Weihnachtsmann stellt sich als sehr gefährlich heraus, unser Held muss Weihnachten und den Jahreswechsel 1947/48 im Gefängnis verbringen. Nur seine schöne Partnerin und seine Freunde können ihn jetzt noch vor der Todeszelle bewahren.

- Mit dem Fahrstuhl kam der Tod

Der bisher letzte Fall der Detektei Callaghan. Ein defekter Fahrstuhl wird einem jungen Mädchen zum Verhängnis. Sie haben es mit einem harten Gegner zu tun, es sind Veteranen des zweiten Weltkrieges, skrupellose Verbrecher und erfahrene Kämpfer.

Interessieren Sie sich für die Abenteuer vom Großvater des Detektivs, dem Gunfighter?
Dann könnten die folgenden vier Wildwest-Romane für Sie interessant sein:

- Vom Herumtreiber zum Gunfighter
- Der Reiter aus Laramie
- Das Tal der Siedler
- Die Minenstadt

Sie beschreiben den Weg eines Jungen zum gefürchteten Revolvermann. Er kehrt seinem bisherigen Leben als

Kämpfer den Rücken und setzt seine Fähigkeiten als Wohltäter eines Tales ein.

Beachten Sie auch bitte meine Internet-Seite:
   www.allan-greyfox.de
Dort finden Sie Hintergrund-Informationen zu meinen Büchern.